인형의 집

헨릭 입센/김진욱 옮김

KB191302

차   례

이 책을 읽는 분에게

《인형의 집(*Et Dukkehjem*)》은 1879년 12월 출판되고, 그 해 12월 21일 코펜하겐 왕립 극장에서 초연된 이후 유럽 각지에서 상연이 이어졌다. 이 작품은 오늘에 이르기까지 끊임없이 논쟁과 반향을 불러일으키고 있는 근대극 사상 최고 명작 중의 하나인 입센의 대표작이다.

여성 해방 운동이 시작되려던 당시의 사회적 분위기 속에서 이 작품의 여주인공 노라는 '신여성'의 대명사가 되고 이 책은 여성 해방 운동의 바이블처럼 여겨졌다. '상호 존경심이 없는 결혼 생활, 서로를 속이는 결혼 생활보다는 집을 나가는 편이 낫다'는 노라의 생각은 당시 사회에 큰 충격으로 받아들여지고, 남편과 아이들을 버려 둔 채 가출하는 노라의 행위에 대한 열띤 토론이 이어졌다.

20세기 초에 〈인형의 집〉에 관해 논하는 사람은 여성 해방 운동이 실현되고 부인의 자유 역할이 향상되면 작품으로서의 가치가 감소된다고 주장했다. 그러나 결혼 생활의 도덕성에 관한 논의가 제기되면서 노라의 역할은 각국의 명배우들이 연기할 때마다 새로운 매력을 발산하며 관중을 모았다.

이 작품은 단지 계몽극, 선전극은 아니다. 입센은 고정된 특정 사상을 선전하는 극을 쓴 것이 아니라, 한 사람의 생이 전개되는 과정을 긴밀한 구성과 역량으로 살펴본 것이다. 또한 입센이 페미니스트가 아님은 노르웨이의 여성 해방 동맹이 주최한 그의 70세 생일 축하 자리에서 비친 "나는 의식적인 여성 해방 운동을 한 것이 아니다. 나는 시인이지 사회 철학자가 아니며, 내 작품을 주의 깊게 읽어 본다면 폭넓은 인생의 묘사에 주력했음을 이해하게 될 것이다"라는 말에서도 알 수 있다.

또한 입센은 〈인형의 집〉을 집필하기 전 1879년 10월 19일 〈현대 비극을 위한 노트〉에서 다음과 같이 이야기했다.

남성과 여성은 도덕률과 양심에 따라 달리 나타난다. 그들은 서로 이해하지 못한다. 실제 생활에서 여성은 전혀 여성이 아닌, 남성의 법칙에 따라 좌우된다. 노라는 결국 선악의 구별을 할 수 없는 난감한 지경에 처한다. 그녀의 자연스런 본능과 권위로 향한 신뢰가 완전히 혼란에 빠진 것이다. 또한 남성적인 사회에서 남성에 의해 만들어진 법률로 여성의 행위를 남성의 견지에서 판단하는 오늘의 사회는 여성을 자기 자신에 대해 충실할 수 없게 한다. 그녀는 한 가지 죄를 지었지만 오히려 자랑스럽게 여기고 있다. 그것은 그녀가 남편에 대한 애정에서 그의 생명을 구하기 위해 취한 행동이었기 때문이다. 그녀는 자신의 윤리적 권리에 대한, 자신의 아이들을 양육하는 능력에 대한 자신감을 잃어버리고 괴로워한다. 오늘의 사회에서 한 사람의 어머니는 인생, 가정, 남편과 아이,

갑작스런 불안과 공포 등 모든 걸 혼자서 해결하고 책임져야만 한다. 결국은 절망, 저항, 파멸이 무자비하고 불가피하게 찾아온다.

이 노트를 작성한 후 입센은 〈인형의 집〉 집필을 시작한 것이다. 입센은 이 작품을 쓰는 동안 자신 안에서, 취미와 교양을 적절히 갖춘 유능하고 멋진 소시민 헬머의 모습을 발견하고 그 모습을 증오하게 된다. 노라는 작중 인물이 아니라 실제 인물로 자신의 앞에 서 있음을 본 것이다. 노라의 남편과 아버지는 그녀를 종달새와 인형으로 다루었지만 그녀는 두 아이의 어머니이며 한 여성이었던 것이다.

처음부터 노라는 남편에 대한 믿음이 어긋남을 느끼지만 남편이 자신을 위해 모든 걸 희생하리라는 '멋진 기적'을 기대한다. 그러나 그 기대는 무참히 배반되고 '기적'은 일어나지 않는다. 모든 권위에 대해 신뢰를 잃은 노라는 절망 끝에서 아내나 어머니이기 전 무엇보다도 우선 인간이기를 주장한다.

오늘에 이르기까지 끊임없이 논쟁을 불러일으키고 있는 이 작품은 극중 인물의 생생한 성격 묘사와 삶의 진지한 모색을 시도했다는 점에서도 입센의 대표적 회심작이라고 볼 수 있다.

옮긴이

인형의 집

Et Dukkehjem

□ 등장 인물

헬머 변호사
노 라 헬머의 아내
엠 미 ⎫
봅 ⎬ 헬머 부부의 아이들
이바르 ⎭
랑크 의사 헬머 부부와 친한 사이
린데 부인 노라의 친구
크로구스타 변호사
안네 마리 헬머 집 보모
헬레네 헬머 집 가정부
심부름꾼

장 소: 헬머의 집

제 1 막

사치스럽지는 않으나 아늑하고 쾌적하게 꾸며진 거실. 무대 뒤 오른쪽 문은 현관으로 통하고, 왼쪽 문은 헬머의 서재로 통한다. 이 두 문 사이에 피아노 한 대가 놓여 있다. 왼쪽 벽 한가운데에는 출입문이 있고, 그 앞쪽에 창문이 있다. 창문 가까이에 둥근 테이블과 몇 개의 안락의자, 작은 소파가 있다. 무대 안 오른쪽 벽에 문이 하나 있고, 좀더 앞쪽에는 타일을 붙인 난로가 있다. 난로 앞에 몇 개의 안락의자와 흔들의자 하나, 난로와 그 뒤쪽 출입문 사이에 작은 테이블이 있으며, 사방의 벽에는 동판화가 걸려 있다. 도자기며 작은 공예품들이 놓여 있는 선반, 호화롭게 장정된 책들이 꽂혀 있는 작은 책꽂이가 있다. 바닥에는 카펫이 깔려 있고 난로에는 불이 타고 있다.

어느 겨울날 오후.

제 1 장

노라, 심부름꾼, 헬레네, 헬머.

현관에서 초인종이 울리고 문이 열리는 소리. 노라가 기분 좋게 콧노래를 부르며 들어선다. 노라는 외출복 차림에 상자들을 잔뜩 껴안고 있다. 상자들을 오른쪽 테이블 위에 내려놓는다. 현관으로 통하는 문은 열려 있다. 문 밖에서 심부름꾼이 전나무와 바구니를 들여오는 모습이 보인다. 심부름꾼은 현관문을 열어 준 가정부에게 그것을 건네 준다.

노 라 헬레네, 그 전나무를 잘 숨겨 둬요. 아이들에게는 오늘 밤에 보여 줄 테니까. 장식이 다 끝난 다음에. (지갑을 꺼내며 심부름꾼에게) 얼마죠?

심부름꾼 50외레 주시면 됩니다.

노 라 1크로네에요. 거스름돈은……그대로 가져요. (심부름꾼이 고맙다고 인사하며 나간다. 노라가 문을 닫는다. 그녀는 모자와 외투를 벗으면서 혼자 즐거운 듯이 생글생글 웃고 있다. 주머니에서 마카롱 봉지를 꺼내어 두세 개 집어 먹는다. 그리고 살며시 남편의 서재쪽으로 다가가서 귀를 기울인다) 아, 그이가 집에 계시네.

오른쪽 테이블로 걸어가면서 다시 콧노래를 부른다.

헬 머 (방안에서) 밖에서 재잘거리는 건 내 종달새인가?

노 라 (몇 개의 상자를 바삐 열면서) 네, 그래요!

헬 머 거기서 내 다람쥐가 뛰어다니고 있는 건가?

노 라 그렇다니까요!

헬 머 언제 돌아왔소?

노 라 방금.
(마카롱 봉지를 주머니에 집어 넣고, 입을 닦는다)
이리 와 봐요, 여보. 내가 사 온 것 좀 보세요.

헬 머 귀찮게!
(그는 펜을 든 채로 문을 열고 내다본다)
또 사들였나? 아니, 이렇게 많이! 우리 집 작은 새는 어떻게 해 볼 도리가 없군. 또 날아가서 돈을 쓰고 온 거야?

노 라 하지만, 여보, 올해는 조금 과용해도 괜찮아요. 인색하게 굴지 않아도 되는 크리스마스는 이번이 처음이잖아요.

헬 머 그렇다고 해서 쓸데없이 낭비해서는 안 돼요.

노 라 하지만 조금인데 어때요? 당신도 이제는 월급이 많아지고, 돈도 많이 모일 텐데.

헬 머 물론 새해부터는 그렇지. 하지만 월급을 타려면 아직 석 달이나 남았어.

노 라 상관없어요. 그때까지는 빌려 쓰면 되잖아요.

헬 머 이봐, 노라!
(노라 곁으로 다가가서 장난삼아 귀를 잡아 당긴다)
또 경솔한 생각을 하기 시작하는군! 만일 내가

오늘 천 크로네를 빌려 왔다고 해요. 그래서 그 걸 당신이 크리스마스 주간에 써 버렸다고 합시 다. 그런데 섣달 그믐날 밤에 내 머리 위로 벽돌 이 떨어져서, 내가 죽는다면…….

노 라 (남편의 입을 손으로 막고) 아, 입 다물어요. 어떻 게 그런 끔찍한 소리를 해요?

헬 머 하지만 만일 그런 일이 일어난다면……그러면 어쩌겠소?

노 라 그런 무서운 일이 일어난다면 빚 따위는 있으나 없으나 마찬가지예요.

헬 머 하지만 돈을 빌려 준 사람들은 어떻게 되지?

노 라 그런 사람들은 어떻든 상관없어요. 남의 일인 걸.

헬 머 노라, 당신은 역시 여자야. 하지만 진심으로 말 하는데, 이런 문제에 관해 내가 어떻게 생각하고 있는지 당신도 잘 알 거야. 어떠한 경우에도 남 에게 돈을 빌리지 않을 생각이야. 빚을 지며 꾸 려 나가는 집에는 반드시 부자유스럽고 유쾌하지 못한 사태가 생겨나지. 지금까지 우리는 그런 대 로 지탱해 왔어. 그러니까 앞으로 좀더 참아 나 갑시다.

노 라 (난로 옆으로 가며) 네, 네, 그래요.

헬 머 (아내를 따라간다) 아니, 내 작은 종달새가 날개 를 그렇게 움츠리고 있어서야 되나. 저런, 다람 쥐가 뽀로통해졌군. (지갑을 꺼낸다) 노라, 여기 에 들어 있는 게 뭘까?

노 라 (홱 돌아본다) 돈!

헬 머 자! (몇 장의 지폐를 준다)
사실, 크리스마스 때 돈이 많이 든다는 건 알고
있어.

노 라 (세어 본다) 열, 스물, 서른, 마흔. 고마워요, 정
말 고마워요. 이 정도면 오랫동안 꾸려 나갈 수
있어요.

헬 머 정말 그렇게 해 줘야 해.

노 라 네, 염려 말아요. 그럼 내가 사 온 것도 와서 보
세요. 정말 헐값이에요. 이바르의 새 옷과 장난
감 칼, 이건 봅에게 줄 말과 나팔, 이건 엠미의
인형과 인형 요람이에요. 엉성하게 만들어졌지만
어차피 그 애는 곧 부숴 버리는 걸요. 이건 가정
부 아이들에게 줄 옷감과 손수건이에요. 우리 늙
은 안네 마리에게는 더 잘해 주고 싶은데.

헬 머 저기 저 상자는 뭐요?

노 라 (큰소리로) 안 돼요, 여보! 그건 오늘 저녁에 보
셔야 해요.

헬 머 아, 그래. 그런데 어찌 된 셈이야. 낭비하기 좋
아하는 사람이 자신을 위해서는 아무것도 안 산
거야?

노 라 어머나, 나를 위해서요? 나는 갖고 싶은 게 없어
요.

헬 머 무엇이든 사도록 해요. 그걸 받으면 정말 기쁘리
라고 생각되는 걸 말해 봐요. 하지만 너무 엉뚱
한 건 안 돼.

노 라 정말 그런 건 없어요. ······ 하지만, 저······.

헬 머 응?

노 라 (남편 옷의 단추를 만지작거리면서, 남편의 얼굴을
바라보지 않고) 당신이 나에게 뭔가 선물하려거
든, 제일 좋은 건, 좋은 건 말예요······.

헬 머 아, 있군. 그걸 말해 봐요.

노 라 (빠른 말투로) 돈으로 주지 않겠어요? 당신이 갖
고 있는 여분의 돈만으로 충분해요. 나중에 그것
으로 무엇이든 살 수 있어요.

헬 머 하지만, 노라······.

노 라 그렇게 해 주세요. 정말 부탁이에요. 나는 그 돈
을 예쁜 금종이로 만든 봉투에 넣어서 크리스마
스 트리에 걸어 놓겠어요. 재미있지 않아요?

헬 머 아니, 있는 돈을 다 써 버리려는 건······.

노 라 아, 우리 집 작은 새는 어떻게 해 볼 도리가 없
다는 거죠? 알고 있어요. 하지만 내가 말한 대로
해 주세요. 그러면 나도 가장 필요한 걸 천천히
생각해 볼 수도 있어요. 좋은 생각이잖아요?

헬 머 (미소짓는다) 글쎄, 내가 준 돈을 당신이 갖고 있
다가 필요한 걸 산다면 모르지만, 그런데 그 돈
을 쓸데없는 물건들을 사는 데 써 버리고, 또 돈
을 달라고 조르지 않을까?

노 라 그런 일은 절대로 없어요.

헬 머 없다고는 할 수 없지. 아, 노라.
(그녀의 허리에 팔을 감는다) 내 작은 종달새가 귀
엽긴 하지만, 이런 새에겐 돈이 얼마나 많이 들

까?

노 라 어떻게 그런 말을 할 수 있어요? 나도 할 수 있는 한 절약하고 있는데.

헬 머 (웃으며) 맞아. 할 수 있는 데까지란 말야. 다만 당신은 실행이 안 되는 게 문제지.

노 라 (콧노래를 부르며 혼자 만족스레 웃는다) 흥, 나를 종달새니 다람쥐니 하지만, 필요한 만큼은 돈이 있어야 해요. 그걸 알기나 했으면.

헬 머 이상하군, 당신도. 당신은 당신 아버지와 꼭 닮았어. 어떻게든 돈을 손에 넣으려 하지. 그런데 일단 돈이 들어오면 손가락 사이로 흘려 버린단 말야. 결국 그 돈이 어디로, 어떻게 사라졌는지 모르게 된다구. 어쩔 수 없지. 혈통의 문제야. 아, 아니, 노라. 유전이면 할 수 없어.

노 라 나는 아버지를 더 많이 닮았으면 했는데요.

헬 머 하지만 나는 지금 그대로의 당신이 좋아. 귀엽고 작은 종달새, 노래를 부르는 종달새인 걸. 그런데 이상한데! 당신 오늘은 어쩐지……뭐랄까…… 수상한데?

노 라 내가요?

헬 머 그래. 내 눈을 똑바로 봐요.

노 라 (남편과 눈을 서로 마주 본다) 어때요?

헬 머 (손가락으로 위협하는 듯한 시늉을 하며) 오늘 시내에서 군것질했지?

노 라 아뇨. 왜 그렇게 생각하세요?

헬 머 정말 과자집에 들르지 않았어?

노 라 아뇨. 가지 않았어요.

헬 머 젤리 같은 걸 안 먹었어?

노 라 아뇨. 정말이에요.

헬 머 마카롱을 두세 개쯤 먹었지?

노 라 아뇨, 안 먹었다니까……!

헬 머 아, 아냐. ……농담이야. 농담으로 한 말이야.

노 라 (오른쪽 테이블 옆으로 간다) 당신이 하지 말라고 하는 건 꿈에도 생각하지 않아요.

헬 머 그렇고 말고. 잘 알고 있어. ……더욱이 당신도 낭비하지 않겠다고 약속했으니까. (아내에게 다가 간다) 당신에게 줄 크리스마스 선물의 비밀은 간직해 둬요. 오늘 저녁 크리스마스 트리에 불이 켜지면 다 알게 될 테니까.

노 라 당신, 랑크 선생을 초대하는 건 잊어버리지 않으 셨어요?

헬 머 잊지 않았지. 일부러 말해 줄 필요는 없어. 오늘 저녁 우리와 함께 식사하는 건 다 알고 있는 일 이니까. 하지만 만일 오전중에 찾아오면 전하지. 고급 포도주를 주문해 놓았어. 아, 노라, 내가 얼마나 오늘 저녁을 기다리고 있는지 당신은 모 를 거야.

노 라 나두요. 그리고 애들이 얼마나 기뻐하며 떠들어 댈까!

헬 머 아아, 이제 안정된 지위에도 올랐고, 생활도 풍 족해질 거야. 생각만 해도 멋있어! 안 그래? 생 각만 해도 즐겁군.

노 라 그래요. 정말 꿈 같아요.

헬 머 당신, 작년 크리스마스를 기억하고 있소? 당신은 그 3주일 전부터 매일 밤 늦게까지 방안에 틀어박혀 크리스마스 트리에 꽂을 꽃 따위의 장식품을 만들고 있었지. 우리들을 깜짝 놀라게 해 주겠다고 말야. 하지만 나는 견딜 수 없었어. 지금까지 살아오는 동안 가장 지루한 크리스마스였어.

노 라 내게는 조금도 지루하지 않았는걸요.

헬 머 (미소지으면서) 그런데 그것이 아주 엉망이 되었지, 노라!

노 라 또 그걸로 조롱하실 생각이세요? 고양이가 들어와서 다 망가뜨려 버린 걸요. 어쩔 수 없었어요.

헬 머 맞아. 그때는 정말 어쩔 수 없었지. 당신은 우리를 기쁘게 해 주려고 열심이었지. 중요한 건 바로 그 점이야. 하지만 그런 고생스런 때도 지나간 옛 이야기가 되었으니 얼마나 좋아.

노 라 정말 기뻐요!

헬 머 이제는 나도 혼자 여기 앉아서 지루해 하지 않아도 돼. 당신도 그 귀여운 눈과 가느다란 손을 무리하게 괴롭힐 필요도 없어.

노 라 (손뼉을 치며) 그래요, 정말이에요. 이제는 그럴 필요가 없어졌어요.
그런 소리 듣기만 해도 즐거워요! (남편 팔을 잡는다) 나는 앞으로 이런 계획을 세우고 있어요. 내 이야기를 들어 보세요. 크리스마스가 끝나면,

곧……(현관에서 초인종이 울린다) 어머, 벨이 울려요. (재빨리 방안을 치운다) 누가 찾아왔군요. 귀찮게…….

헬 머 모르는 손님이거든, 나는 집에 없다고 말해 줘. 알았지?

제 2 장

노라, 헬머, 헬레네.

헬레네 (문 앞에서 노라에게) 마님, 낯선 부인이 오셨어요.
노 라 들어오시게 해.
헬레네 (헬머에게) 의사 선생님도 오셨어요.
헬 머 내 방으로 들어가셨겠지?
헬레네 네, 그쪽으로 가셨어요.

헬머는 자기 방으로 들어간다. 헬레네는 여행복 차림의 린데 부인을 안내하고는 문을 닫는다.

제 3 장

노라, 린데 부인.

린데 부인 (머뭇거리며) 잘 있었어, 노라?

노 라 (애매하게) 어서 오세요.

린데 부인 나를 몰라보는구나.

노 라 글쎄요 아니, 저……어쩌면…… (갑자기 외치며) 어머나, 크리스티네! 너로구나?

린데 부인 응, 나야.

노 라 크리스티네! 널 몰라보다니! 하지만 아무래도 넌 줄은……(부드러운 목소리로) 많이 변했군, 크리스티네!

린데 부인 그렇지, 9년……10년 만이니까.

노 라 우리가 서로 안 본 지가 벌써 그렇게 되나? 정말 그렇군. 지난 8년 동안 나는 아주 행복했어. 그래 이제 이 도시로 온 거야? 겨울인데도 먼 여행을 했구나. 대단해.

린데 부인 오늘 아침에 기선으로 도착했어.

노 라 크리스마스를 지내러 왔지? 반가워! 우리 즐겁게 보내. 코트를 벗어. 춥지 않아? (옷 벗는 것을 도와 준다) 자, 난로 옆에 앉아 천천히 이야기하자. 아니, 거기 안락의자에 앉아! 나는 이 흔들의자에 앉을게. (린데 부인의 양손을 잡고) 아, 이제 겨우 너의 옛 얼굴을 알겠어. 처음 얼핏 보았을

때는……하지만 안색이 좋지 않아. 크리스티
네……약간 야윈 것 같기도 해.

린데 부인 얼마나 늙었다고, 노라.

노 라 약간 늙은 것 같기도 해. 그렇지만 알아채지 못
하겠는걸. (갑자기 입을 다물고 진지하게) 내 정신
좀 봐. 이렇게 앉아서 쓸데없는 얘기만 하고 있
다니! 크리스티네, 미안해.

린데 부인 무슨 말이야, 노라?

노 라 (낮은 목소리로) 가엾은 크리스티네, 남편이 돌아
가셨다지?

린데 부인 응, 3년 전에.

노 라 나도 알고 있었어, 신문을 보고. 아, 크리스티
네, 나는 그때 몇 번이나 편지를 쓰려고 했는데
미루고 미루다가 일이 생겨서.

린데 부인 괜찮아, 노라.

노 라 아냐, 내가 잘못한 거야, 크리스티네. 가엾게도,
고생 많이 했지? ……그래 남편은 아무런 유산
도 남기지 않고 돌아가셨어?

린데 부인 아무것도 남기지 않았어.

노 라 어린애도 없고?

린데 부인 응.

노 라 전혀 아무것도 없어?

린데 부인 전혀……슬픔이나 괴로움까지도.

노 라 (믿어지지 않는다는 듯이 상대를 바라보며) 어머,
그럴 수가 있을까?

린데 부인 (슬픈 듯이 미소짓고, 노라의 머리를 쓰다듬으며)

때로는 그런 일도 있지, 노라.

노 라 그럼 완전히 홀몸이군. 얼마나 외로울까. 내게는 귀여운 아이들이 셋 있어. 지금 여기에는 없지만……보모와 놀러 나갔어. 자, 그럼 네 이야기를 자세히 들려 줘.

린데 부인 아니, 노라 이야기를 듣고 싶은데.

노 라 아냐, 먼저 시작해. 오늘은 내 이야기만 하고 싶지는 않아. 크리스티네 일만 생각하고 싶어. 한 가지만 이야기해 줄게. 요즘 우리 집에 멋있는 행운이 날아들었어. 알고 있니?

린데 부인 아니, 무슨 일이지?

노 라 남편이 은행장이 되었어!

린데 부인 남편이? 어머, 정말 좋겠다……!

노 라 굉장한 행운이지? 변호사 일만 하면 생활이 불안정하거든. 더구나 결백하고 공정한 사건만 다루고 있으면 더욱 그렇지. 남편은 물론 공정하게 해 왔고, 그 생각엔 나도 대찬성이야. 그래서 정말 기뻐! 새해부터 그이는 봉급도 배당금도 많이 받게 돼. 앞으로는 지금까지와는 완전히 다른 생활을 할 수 있어. 우리가 원하는 생활을 할 수 있게 돼요. 아, 크리스티네, 얼마나 마음이 놓이고 행복한지! 돈이 많이 들어와서 생활 걱정할 필요가 없어지는 걸. 얼마나 좋은 일이야? 안 그래?

린데 부인 뭐니뭐니 해도 부족한 게 없다는 건 좋은 일이야.

24

노 라 아니, 부족한 것이 없는 정도가 아니라 굉장한
돈이 들어온다니까.

린데 부인 (미소지으며) 노라, 노라는 여전히 순진하구
나! 학교 다닐 때도 굉장한 낭비가였지.

노 라 (조용히 웃는다) 그래. 남편은 지금도 그런 말을
하지. (손가락으로 위협하는 흉내를 내며) '노라,
노라' 하지만 모두들 생각하는 만큼 어리석지는
않아. 지금까지도 우리 집 살림이 그렇게 낭비할
수 있을 정도는 못 되었지. 우리는 둘 다 일해
야 했어.

린데 부인 노라도 일을 했다고?

노 라 응, 자질구레한 일들이야. ……재봉이나 뜨개
질, 수놓는 일 따위 말야. (아무렇지도 않은 듯이)
그리고 그 외에도 있지. 우리가 결혼했을 때 남
편이 직장을 그만둔 건 알고 있지? 그 방면에서
는 승진할 가망도 없고, 돈은 이전보다 더 많이
벌어야 했지. 첫해에는 무리하게 일했어. 그이는
이것저것 부업거리를 찾아서 아침 일찍부터 밤
늦게까지 계속 일해야 했어. 결국 너무 과로해서
병이 났지. 치명적인 병이. 의사들은 아무래도
남쪽 지방으로 요양을 가야 한다고 권했어.

린데 부인 아, 그래서 1년 동안이나 이탈리아에 가 있었
군?

노 라 그래. 그런데 그렇게 쉬운 일이 아니었어. 마침
이바르가 갓 태어났을 때야. 하지만 물론 떠나야
만 했어. 정말 멋있는 여행이었지. 덕분에 남편

은 살아났지만 엄청나게 많은 비용이 들었는걸.

린데 부인 그랬겠지.

노 라 1천2백 탈러(taler, 독일의 옛 은화)를 썼어. 4천8백 크로네(krone, 노르웨이·덴마크의 화폐 단위)야. 엄청난 돈이지.

린데 부인 하지만 그럴 때 그만큼 돈이 있었으니 얼마나 다행이었니.

노 라 사실, 그 돈은 아버지께서 주셨어.

린데 부인 아, 그래? 바로 그 무렵에 아버지께서는 돌아가셨지?

노 라 그래. 크리스티네, 바로 그 무렵이었어. 그런데 나는 그때 병구완도 못 해 드렸어. 오늘내일 이바르가 태어나기를 기다리고 있었어. 게다가 남편이 중병을 앓고 있어 곁을 떠날 수가 없었거든. 다정하신 아버지였는데, 다시는 뵙지 못하게 된 거야. 정말 결혼한 이후로 그렇게 괴로웠던 적은 없었어.

린데 부인 노라는 아버지에 대한 효성이 지극했지. 그럼 그 다음에 이탈리아로 떠났니?

노 라 응, 그때 돈은 마련됐고 의사들도 아주 재촉이 심했어. 그래서 한 달 후에 떠났어.

린데 부인 그래 남편은 아주 완쾌해서 돌아오셨어?

노 라 생생한 물고기처럼 건강해졌어.

린데 부인 아, 그 의사인가?

노 라 무슨 말이야?

린데 부인 아까 가정부가 말하지 않았니? 나와 동시에 여기에 온 분이 의사 선생이라던데?

노 라   랑크 선생이야. 우리 집에는 왕진 의사로 오는
게 아냐. 우리와 제일 가까이 지내고 있는 친구
야. 날마다 꼭 한 번씩은 우리 집에 들르셔. 남
편은 그 후로 한 번도 앓아 본 적이 없어. 아이
들은 건강하고 나도 마찬가지야. (펄쩍 뛰며 손뼉
을 친다) 아, 얼마나 멋지니. 건강하고 행복하게
살아갈 수 있다는 게, 크리스티네! 나 좀 봐! 내
이야기만 지껄이고 있군! (크리스티네 옆에 있는
발판에 앉아 그녀의 무릎 위에 양팔을 걸친다) 화 내
지 마!……그게 정말이야? 크리스티네는 남편을
사랑하지 않았다면서? 그럼 왜 결혼했어?

린데 부인   어머니가 살아 계셨는데, 자리에 앓아 누운
채 몸을 움직이지도 못하셨어. 게다가 나는 어린
동생 둘을 돌봐 줘야 했지. 그래서 그이의 결혼
신청을 거절하는 건 무책임한 짓이라고 생각했
어.

노 라   그렇군. 잘 알겠어. 그럼 남편이 그때는 부자였
니?

린데 부인   굉장히 유복했던 것 같아. 하지만 불안정한
사업을 하고 있었어. 그이가 세상을 떠나자 모든
게 엉망이 되어 파산 상태에 이르고 아무것도 남
지 않았지.

노 라   그래서……?

린데 부인   그래서 나는 작은 가게를 열거나 학원을 경영
해 보기도 하고, 할 수 있는 일은 무엇이든 해야

했어. 지난 3년 동안은 숨쉴 틈도 없었어. 지옥
에 떨어진 느낌이었지. 하지만 이젠 끝났어. 가
엾은 어머니는 돌아가셨고 동생들은 이제 일자리
가 생겨 각기 밥벌이를 하고 있으니까.

노 라 얼마나 마음이 놓일까.

린데 부인 그런데, 노라. 말할 수 없이 공허한 느낌이
야. 살아갈 목적이 없는 걸. (불안한 듯이 일어선
다) 그래서 더 이상 그렇게 쓸쓸한 시골 구석에
는 있을 수 없었어. 이곳에 오면 뭔가 열중해서
기분 전환이라도 할 수 있는 일자리를 찾기가 쉬
우리라고 생각했어. 사무직 같은 일자리를 구할
수 없을까?

노 라 하지만 크리스티네, 그건 고된 노동이야. 그리고
넌 지금도 몹시 피로해 보여. 온천에라도 가서
요양하는 편이 나을 것 같아.

린데 부인 (창가로 걸어간다) 내게는 여비를 마련해 줄
아버지도 없어, 노라.

노 라 (일어서서) 어머나, 그렇게 화내지 마!

린데 부인 (노라 옆으로 간다) 아니, 노라야말로 화를 내
지 마. 나 같은 처지에 놓이면 점점 비뚤어진 생
각을 하게 되는 가봐. 누굴 위해 일한다는 목적
도 없으면서 늘 허덕이며 열심히 일해야 하거든.
어떻든 살아가야 하니까……그래서 자연히 이기
주의자가 되는 거야. 아까 노라가 앞으로 행복해
진다는 이야기를 들었을 때……솔직히 말해……
나는 노라를 위해서라기보다는 나를 위해서 더

기뻐했어.

노 라 어째서? 아, 알겠어. 남편이 크리스티네의 힘이
될 수 있을지도 모른다고 생각한 거지?

린데 부인 응, 그래.

노 라 그렇게 하도록 해야지, 크리스티네. 내게 맡겨
둬. 내가 잘 이야기해서 그이의 마음이 내키도록
묘안을 짜낼 거야. 아, 정말 어떻게든 도와 주고
싶어.

린데 부인 고마워, 노라. 그렇게도 나를 생각해 줘
서……노라는 생활의 괴로움을 거의 모르는 사
람이어서 더 고마워.

노 라 내가……? 내가 괴로움을 모른다고?

린데 부인 (미소지으며) 아, 재봉이나 수놓는 일 따위는
했겠지만 노라는 아직도 어린애야.

노 라 (머리를 뒤로 젖히고 방안을 돌아다닌다) 그렇게 깔
보는 태도로 이야기하면 안 돼!

린데 부인 무슨 말이야?

노 라 크리스티네도 다른 사람들과 마찬가지군. 모두들
그렇게 생각하고 있어. 내가 실제로는 도움이 되
지 않는 여자라고 말야.

린데 부인 어머나…….

노 라 내가, 이 괴로운 생활 속에서 무엇 하나 해낸 일
이 없는 여자라고 모두들 생각하고 있어.

린데 부인 아, 노라. 방금 고생했다는 이야기는 다 들려
주지 않았어?

노 라 그건 아무것도 아니야! (낮은 목소리로) 정말 중

요한 건 이야기하지 않았어.

린데 부인 중요한 것? 뭔데?

노 라 크리스티네, 지금 나를 경멸하고 있는 거지? 그
러지 마. 크리스티네는 그토록 오랫동안 어머니
를 위해 고생스럽게 일했다고 자랑하는 거지?

린데 부인 누구도 경멸하지는 않아. 그렇지만 어머니가
만년을 안락하게 지내도록 해 드릴 수 있었다는
걸 자랑으로 알고 다행스럽게 생각하는 것만은
사실이야.

노 라 그리고 동생들을 뒷바라지해 주었다는 것도 자랑
으로 여기고 있지?

린데 부인 나는 그럴 자격이 있다고 생각해.

노 라 나도 그렇게 생각해. 그럼 내게도 하고 싶은 이
야기가 있어, 크리스티네. 나에게도 자랑으로 여
기고 행복해 할 일이 있어.

린데 부인 물론 있겠지. 그런데 대체 어떤 일이야?

노 라 낮은 목소리로 이야기해. 남편이 들으면 안 되니
까! 절대 그이에게는⋯⋯아니, 아무도 들어서는
안 돼. 너만 빼놓고, 크리스티네.

린데 부인 어머, 대체 무슨 일인데 그래?

노 라 이리로 와. (린데 부인을 끌어당겨 소파 위 자기 옆
에 앉힌다) 그래, 크리스티네⋯⋯ 내게도 자랑으
로 여기고 행복하게 여길 만한 일이 있어. 내가
남편의 생명을 구해 냈다구.

린데 부인 구해 냈다고? 어떻게 구했어?

노 라 이탈리아로 여행을 떠났다고 이야기했지? 그러지

않았으면 남편은 살지 못했을 거야.

린데 부인 하지만 그 비용은 아버지가 주신 거지?

노 라 (미소지으며) 남편도 그렇게 생각하고 있어. 다른 사람들도 모두. 하지만…….

린데 부인 하지만?

노 라 아버지는 돈 한푼 주시지 않았어. 그 돈은……내가 마련했어.

린데 부인 노라가? 어머, 그 많은 돈을?

노 라 1천2백 탈러야. 4천 8백 크로네. 어때?

린데 부인 하지만 노라, 있을 수 없는 일이야. 복권이라도 당첨된 거야?

노 라 (경멸하는 어조로) 복권? 그런 게 당첨돼도 힘겨운 노력의 대가라고는 할 수 없지.

린데 부인 그럼 어떻게 돈을 손에 넣었지?

노 라 (콧노래를 부르면서 비밀이라도 있는 듯이 미소를 짓는다) 흠, 라 라 라!

린데 부인 빌릴 수는 없었을 테고.

노 라 어머, 왜 못 해?

린데 부인 못 하지. 아내는 남편의 동의 없이는 돈을 빌릴 수 없어.

노 라 (머리를 뒤로 젖히고) 하지만 거래하는 수법을 잘 알고 있거나……영리하게 대처할 수 있는 아내라면, 그런 일을 하는 게 뭐가 나쁘지?

린데 부인 노라, 무슨 말을 하는지 전혀 모르겠는데…….

노 라 몰라도 좋아. 나는 돈을 빌렸다고는 말하지 않았

으니까. 다른 방법으로 조달할 수도 있지. (소파
에 몸을 던진다) 나를 사모하는 사람으로부터 돈
을 손에 넣을 수도 있지. 나만큼 매력 있는 여자
라면…….

린데 부인 무슨 말이야, 노라?

노 라 아, 무척 궁금한가 봐, 크리스티네?

린데 부인 노라……설마 무분별한 짓을 한 건 아니겠
지?

노 라 (다시 몸을 일으키며) 남편 생명을 구해 주는 일
이 무분별한 짓이야?

린데 부인 남편 몰래 했다면 무분별한 짓이지…….

노 라 하지만 그이에게는 아무것도 알릴 수가 없었어!
무슨 말인지 모르겠어? 자기 병이 얼마나 위태로
운가 하는 것도, 그이에게 알릴 수 없었단 말야.
의사들은 내게 말했어. "이대로 내버려 두면 그
는 죽습니다. 남쪽으로 가서 휴양하지 않으면 구
할 도리가 없습니다"라고 말야. 나도 처음에는
여러 가지 방법을 강구해 봤어. 나는 남편에게,
다른 젊은 부인들처럼 외국 여행을 할 수 있으면
얼마나 좋을까 하는 이야기를 했어. 울며불며 졸
라댔지. 내가 홀몸이 아니라는 점도 생각해서,
내 소원을 들어달라고 말야. 그리고 넌지시 말했
어. 돈은 빌려도 되지 않겠냐고 말야. 그랬더니
그이는 몹시 화를 냈어, 크리스티네. 나의 경솔
하고 제멋대로인 부탁을——확실히 그렇게 말했
어——들어주지 않는 것이, 남편으로서의 의무

라는 거야. '좋아' 하고 나는 혼자 생각했어.
'어쨌든 당신을 구해 내야겠다'고 말야. 그래서
생각해 낸 게 궁여지책이야.

린데 부인 그래, 그 돈이 아버지에게서 나오지 않았다는
걸 아버지는 남편에게 이야기하지 않으셨어?

노 라 아니. 바로 그 무렵에 아버지가 돌아가셨는 걸.
나는 미리 아버지에게 털어놓고 이야기를 하고,
그이한테는 비밀로 해 달라고 부탁드리려 했지.
하지만 아버지는 중병을 앓고 계셨고……유감스
럽게도 그럴 필요가 없어져 버린 거야.

린데 부인 그 후에 한 번도, 남편에게 털어놓고 이야기
한 적이 없어?

노 라 어머나, 어떻게 그런 이야기를 해? 그이는 이런
일에는 굉장히 엄격해! 더구나 남편에게는 남자
로서의 자존심이 있어. 나한테 빚을 졌다고 생각
하기만 해도 심한 굴욕감을 느낄 거야. 그렇게
되면 우리 사이는 완전히 끝나 버렸을 거야. 지
금의 아름답고 행복한 가정은 파괴되었을 거야.

린데 부인 그럼 앞으로도 절대로 이야기하지 않을 작정
이야?

노 라 (잠시 생각하고 살짝 미소지으며) 언젠가는, 나이
가 들어 내가 지금만큼 예쁘지도 않게 되면. 웃
지 마! 내 말은, 남편이 지금같이 이렇게 나 때
문에 마음을 쓰지 않을 때, 내가 그이 앞에서 춤
을 추거나 모양을 내거나 노래를 불러도 더 이상
기뻐하지 않게 될 때를 말하는 거야. 그럴 때는

뭔가 비장의 카드가 있으면 좋지 않을까……(갑자기 말을 중단하고) 어머, 내가 바보 같은 소리를 하는군. 그런 때가 올 리가 없어!……그래, 크리스티네, 이 중대한 비밀 이야기를 듣고 어떻게 생각해? 그래도 내가 아무 쓸모도 없는 사람일까?……이 일 때문에 나는 얼마나 고생했는지 몰라. 기한 내에 꼬박꼬박 의무를 이행한다는 것이 정말 쉬운 일이 아니었어. 이런 거래에는 4기 분할 지불이라는 것과 월부라는 게 있어. 이 거래를 이행하기 위해 돈을 만들기란 여간 힘든 일이 아니었어. 난 어떡해서든 이것저것 조금씩 절약해 가야 했지. 생활비에서는 조금도 축낼 수가 없었어. 남편에게는 제대로 생활할 수 있게 해 줘야 했고, 아이들에게도 초라한 옷을 입혀둘 수가 없었거든……아이들 몫으로 받은 돈은 아이들을 위해서만 써야 한다고 생각했어. 사랑스러운 아이들인 걸!

린데 부인 어머, 가엾게도! 그럼 노라의 몫에서 떼어 냈겠구나.

노 라 물론이지. 그럴 수밖에 없었어. 남편이 새 옷이나 물건을 사라고 돈을 주면 언제나 그 절반 이상은 쓰지 않았어. 늘 값싼 것만 샀지. 다행히 내게는 무엇이든 잘 어울리기 때문에 남편은 눈치채지 못했지. 그래도 때로는 정말 괴로웠어, 크리스티네. 좋은 옷을 입는 건 역시 즐거운 일이니까. 안 그래?

린데 부인 그렇고말고.

노 라 그리고 다른 방면으로도 수입의 길이 열려 있었
어. 지난 겨울에는 다행히 서류 정리하는 일을
많이 떠맡았지. 그래서 방안에 틀어박혀 매일 밤
늦게까지 펜을 놀렸어. 아, 때로는 피로해서 녹
초가 될 지경이었어. 그래도 그렇게 일하며 돈을
버는 건 무척 재미있었어. 마치 남자가 된 것 같
은 느낌이 들었지.

린데 부인 그래 그렇게 해서 얼마나 빚을 갚을 수 있었
니?

노 라 잘 모르겠어. 이런 거래에는 이해하기 어려운 점
이 많이 있어. 내가 알고 있는 거라곤 내가 할
수 있는 데까지는 끌어모아 갚았다는 것뿐이야.
때로는 어떻게 하면 좋을지 모를 때도 있었어.
(미소지으며) 그럴 때는 여기 이렇게 앉아 곧잘
멍하니 생각에 잠기곤 했지. 어떤 늙고 돈 많은
신사가 나와 사랑에 빠져서……

린데 부인 뭐라고! 어떤 신사라고?

노 라 어머, 바보같이!……그리고 그 사람이 죽어서
많은 사람들이 유언장을 뜯어보니, 주먹만한 글
자로 이렇게 씌어 있는 거야. '나의 재산을 모두
사랑하는 노라 헬머 부인에게 즉시 현금으로 넘
겨 줄 것'이라고 말야!

린데 부인 그런데 노라, ……대체 누구야, 그 신사는?

노 라 어머나, 아직도 못 알아듣겠어? 그런 사람은 있
지도 않아. 다만 내가 어디서 돈을 구할까 궁리

하고 있을 때, 여기에 앉아서 곧잘 그런 생각을
하고 있었을 뿐이야. 하지만 이제 괜찮아. 그런
따분한 늙은이 따위가 어디 있건 내가 알게 뭐
야. 그 사람이나 그 사람의 유언장도 이제 내게
는 소용없어. 이제 걱정거리가 없어졌으니까.
(벌떡 일어선다) 아, 정말 생각만 해도 멋있어,
크리스티네! 걱정이 없어! 아무 걱정도 없이 지
낼 수 있어. 아이들과 장난치며 놀 수도 있지.
집안을 깨끗하고 아담하게 꾸밀 수도 있어. 남편
의 취향에 맞도록 말야. 그리고 이제 곧 푸른 하
늘이 펼쳐지는 봄이 올 거야. 그러면 우리는 잠
깐 여행할 수 있을지도 몰라. 다시 바다 구경을
할 수 있을지도 모르지. 아, 정말 멋있어, 행복
하게 살아갈 수 있다는 건!
(현관에서 초인종 소리가 들려온다)

린데 부인 (일어선다) 누가 왔나봐. ……나는 가 봐야겠
어.

노 라 아냐, 그대로 있어……여기에는 아무도 들어오
지 않으니까 남편에게 오는 손님일 거야.

제 4 장

노라, 린데 부인, 헬레네, 크로구스타.

헬레네 (현관으로 통하는 문 앞에서) 마님, 남자 분인데 요……변호사 어른을 만나겠다는 분이 오셨어요.

노 라 은행장 어른 말이지?

헬레네 네, 은행장 어른을요. 그런데 제가 잘 몰라서 그 만……저 방에는 의사 선생님이 와 계셔요.

노 라 어떤 분이야?

크로구스타 (현관문 앞에 나타난다) 접니다, 부인.

린데 부인 (깜짝 놀라며 창문 쪽으로 몸을 돌린다)

노 라 (그에게로 다가간다. 긴장하여 낮은 목소리로) 어머, 당신이에요? 깜짝 놀랐어요! 남편에게 무슨 볼일 이 있으세요?

크로구스타 은행 일……이라고나 할까요. 제가 그 은행 의 말단에 근무하고 있는데, 이번에 남편께서 은 행장에 취임하신다는 이야기를 듣고……. 아, 부 인. 대수롭지 않은 용건입니다.

노 라 그래요. 그럼 사무실로 들어가 보세요.

노라는 현관문을 닫으면서 냉담하게 인사한다. 그 리고 방을 가로질러 난로 곁으로 가서 가만히 불을 응시한다.

제 5 장

노라, 린데 부인.

린데 부인 노라……지금 그분이 누구야?

노 라 크로구스타라는 사람이야.

린데 부인 그럼, 역시 그 사람이군.

노 라 그 사람을 알고 있어?

린데 부인 알고 있어……예전에. 오래 전 이야기지만, 그 사람은 우리가 동네 법률 사무소에서 잠시 근무했어.

노 라 그래, 맞아.

린데 부인 많이 변했군.

노 라 결혼 생활이 불행했던가봐.

린데 부인 사별하고, 지금은 혼자라고?

노 라 아이들이 수두룩해. 아, 이제 불이 잘 타는군. (난로 뚜껑을 닫고, 흔들의자를 앞으로 약간 끌어당긴다)

린데 부인 여러 가지 일에 손을 대고 있다면서?

노 라 그래? 그럴지도 몰라.……나는 잘 모르지만……. 하지만 그런 이야기는 그만하자구……재미도 없잖아.

제 6 장

노라, 랑크, 린데 부인, 헬머.

의사 랑크가 헬머의 방에서 나온다.

랑 크 (문턱에서) 아냐, 아냐, 방해가 되면 안 되니
까……자네 부인과 잠시 이야기나 하지. (문을
닫고는 린데 부인이 있는 걸 알아챈다) 아, 실례했
습니다. 여기서도 방해가 되겠군요.

노 라 아녜요, 괜찮아요. (소개한다) 랑크 의사 선생님
이시고, 이분은 린데 부인이에요.

랑 크 아, 이 댁에서 자주 듣던 성함이군요. 아까 제가
올 때 계단에서 만난 분이시죠?

린데 부인 네, 저는 천천히 올라왔어요. 계단을 올라오
기가 힘들어서요.

랑 크 아, 어디 불편하신 데라도 있으십니까?

린데 부인 과로 때문이에요.

랑 크 다른 장애는 없으십니까? 그럼 이번에 이 도시에
오셔서 구경 삼아 휴양하시려는 건가요?

린데 부인 저는 일자리를 구하러 왔어요.

랑 크 그게 과로에 효험이 있는 처방일까요?

린데 부인 누구나 살아가야 하니까요, 의사 선생님.

랑 크 네, 누구나 그렇게 말합니다. 살아가야 한다고
말예요.

노 라 어머, 선생님은……선생님도 살고 싶어하실 거
예요.

랑 크 그건 그래요. 살아가는 게 아무리 비참해도 괴로
움을 견디며 살아가고 싶어해요. 가능하면 오랫
동안……. 저희 환자들도 모두 그래요. 그리고
도덕적으로 결함이 있는 사람도 역시 마찬가지입
니다. 지금 이 순간에도 그런 도덕적인 불구자가
와 있어요. 저기 헬머의 방에…….

린데 부인 (낮은 소리로) 아아!

노 라 누구 말씀인가요?

랑 크 그 법률 대리인인 크로구스타라는 사람인데요,
당신은 물론 모르는 사람일 겁니다. 성격이 뿌리
까지 썩어 있는 녀석이에요. 부인. 그런 녀석마
저 자기는 살아가야겠다고 지껄여대고 있어요.
마치 무슨 중대한 문제인 것처럼 말입니다.

노 라 정말이에요? 남편에게 무슨 이야기를 하고 싶었
을까요?

랑 크 은행 이야기를 하는 것 같습니다.

노 라 나는 전혀 몰랐어요. 크로구……그 크로구스타
라는 사람이 정말로 그 은행과 관계가 있나요?

랑 크 그래요. 그 은행에 근무하고 있는 자예요. (린데
부인에게) 부인이 계시던 고장에도 저런 인간이
있습니까? 도덕적으로 부패한 자를 찾아서 부지
런히 냄새나 맡고 다니다가 그런 자가 발견되면
그자를 어떤 유리한 지위에 앉혀 주고 자신들의
감시하에 두는 그런 인간 말예요. 그런 박애 사

상 덕분에 건전한 사람은 뒤로 밀려날 수밖에 없는 겁니다.

린데 부인 하지만 그런 상처입은 환자를 먼저 간호하고 안정시켜 줘야 하지 않을까요?

랑 크 (어깨를 으쓱하며) 바로 그런 생각이 이 사회를 병원으로 만들어 버리는 겁니다.

노 라 (생각에 잠겨 있다가, 갑자기 작은 소리로 웃어대며 손뼉을 친다)

랑 크 뭐가 우스워요? 사회가 실제로 어떤 곳인지 알고 계세요?

노 라 흥미도 없는 사회 따위는 어떻든 상관없어요! 나는 전혀 다른 일 때문에 웃었어요……아, 재미있어요!……선생님……앞으로는 은행에 근무하고 있는 사람들은 모두 남편이 마음대로 파면시킬 수 있는 거죠?

랑 크 그게 그렇게 우스운 일인가요?

노 라 (미소지으며 콧노래를 부른다) 좋아요! 좋아요! (방 안을 돌아다닌다) 네, 굉장히 재미있어요, 우리가……남편이 그렇게 많은 사람들을 마음대로 다룰 수 있다고 생각하니까. (주머니에서 봉지를 꺼낸다) 랑크 선생님, 마카롱을 좀 드릴까요?

랑 크 저런, 마카롱을……이 댁에서는 금지되어 있을 텐데요?

노 라 네. 하지만 이건 크리스티네가 준 거예요.

린데 부인 뭐? 내가……?

노 라 아, 놀라지 마. 넌 알 턱이 없잖아. 남편이 이건 먹지 못하게 금하고 있다는 걸 말야. 이걸 먹고 내 이빨이 상할까봐 그이는 걱정하고 있어. 하지만 괜찮아요……가끔 한 번쯤이야! 안 그래요, 랑크 선생님? 자, 드세요. (마카롱 한 개를 그의 입 속에 넣어 준다) 먹어, 크리스티네. 나도 먹겠어요. 제일 작은 것 하나나 두 개만. (다시 방안을 걸어다닌다) 아, 나는 무척 행복해요. 이 세상에선 딱 한 가지만 더 하고 싶은 일이 있어요.

랑 크 네? 그게 뭐죠?

노 라 남편에게 하고 싶은 말이 있어요.

랑 크 그럼 왜 말하지 않으세요?

노 라 말할 수가 없어요. 아주 천하고 듣기 싫은 말이라서요.

린데 부인 천하고 듣기 싫은 말?

랑 크 그럼 말하지 않는 게 좋아요. 하지만 우리야 뭐 상관없겠죠……남편에게 말하고 싶다는 말이 대체 무슨 말입니까?

노 라 나는 말하고 싶어 견딜 수가 없어요. "이 개자식아!" 하고 말예요.

랑 크 부인, 머리가 돌아 버렸나요!

린데 부인 어머나, 노라……!

랑 크 자, 말하세요. 마침 주인이 오는군요.

노 라 (마카롱 봉지를 감춘다) 쉿, 쉿!

　　헬머가 팔에 외투를 걸치고, 손에는 모자를 들고 방에서 나온다.

제 7 장

노라, 헬머, 린데 부인, 랑크.

노 라 (헬머에게 다가가며) 여보, 손님은 가 버렸어요?

헬 머 응, 돌아갔어.

노 라 소개하겠어요. 이분은 크리스티네라고, 방금 이
곳에 도착했어요.

헬 머 크리스티네 씨? 실례지만, 아무래도 잘……

노 라 린데 부인이에요, 여보……크리스티네 린데 부인
이라구요.

헬 머 아아, 그래요. 아내의 학교 때 친구시죠?

린데 부인 네, 소꿉 친구예요.

노 라 여보, 이분은 당신에게 할 이야기가 있어서 일부
러 먼 길을 이렇게 오셨대요.

헬 머 무슨 일인가요?

린데 부인 아뇨, 별로……

노 라 크리스티네는 사무실 일에 아주 능숙해요. 그래
서 유능한 분 밑에서 일하고 싶어해요. 그러면
더 많은 것을 배울 수 있을 테니까요.

헬 머 그건 좋은 일이죠, 부인.

노 라 그래, 당신이 은행장이 되셨다는 걸 알고……신
문에 그런 기사가 나와 있었어요……크리스티네
는 부랴부랴 서둘러 이리로 달려왔어요. 여보,
나를 위해서라도 크리스티네를 어떻게 도와 줄

　　　　　수 없겠어요. 네?

헬　머　불가능한 일이야 아니지. 남편께선 돌아가셨다고
　　　　　요?

린데 부인　네.

헬　머　그래, 사무직에 경험이 있으십니까?

린데 부인　많이 있어요.

헬　머　아, 그러면 일자리를 마련해 드릴 수 있을 겁니
　　　　　다……

노　라　(손뼉을 치며) 거 봐!

헬　머　마침 잘 오셨습니다, 부인……

린데 부인　어머, 뭐라 감사의 말씀을 드려야 좋을지……

헬　머　천만에요. (외투를 입는다) 그런데 오늘은 이만
　　　　　실례해야겠습니다.

랑　크　잠깐, 나도 같이 가겠네. (현관에서 털 외투를 갖
　　　　　고 와서 그것을 난롯불에 쬔다)

노　라　일찍 돌아오세요, 여보.

헬　머　겨우 한 시간 정도야. 더 늦지는 않아.

노　라　크리스티네도 가겠어?

린데 부인　(외투를 입는다) 응, 나가서 방을 구해 봐야겠
　　　　　어.

헬　머　그럼, 같이 나가시죠.

노　라　(린데 부인에게 외투를 입혀 주면서) 우리 집이 좁
　　　　　아서 정말 안됐군. 빈 방이 없어서말야.

린데 부인　그런 걱정은 하지 마! 그럼 안녕, 노라……
　　　　　정말 여러 가지로 고마워.

노　라　안녕. 하지만 오늘 저녁에는 물론 오겠지. 그리

고 랑크 선생님도. 네? 기분이 좋으면요? 물론
좋으시겠죠. 따뜻하게 잘 입고 오세요.

　　모두들 이야기를 하면서 현관으로 나간다. 밖에서
아이들의 목소리가 들려 온다.

노 라　아, 돌아왔구나!

　　그녀는 달려가서 문을 연다. 보모인 안네 마리가
아이들과 함께 들어온다.

제 8 장

노라, 랑크, 헬머, 안네 마리, 아이들.

노 라　(몸을 구부리고 아이들에게 키스를 한다) 아, 귀여
　　　　운 것들……! 크리스티네, 어때, 정말 귀엽지?
랑 크　이렇게 바람이 부는 데서 이야기하지 말아요!
헬 머　갑시다, 린데 부인. 어머니가 아니면 이런 곳에
　　　　서 있을 필요 없어요.

　　랑크, 헬머, 린데 부인은 계단을 내려간다. 보모가
아이들과 함께 방으로 들어온다. 노라도 들어오며 현
관문을 닫는다.

제 9 장

노라, 안네 마리, 아이들.

노 라 모두 즐거워 보이는구나! 뺨이 빨개졌어! 마치
사과나 장미꽃 같아. (다음 말들을 하는 동안 아이
들도 동시에 그녀에게 이야기하고 있다) 그렇게 재
미있었니? 잘 했어. 어머, 엠미와 봅을 썰매에
태워 줬다고?⋯⋯그랬어! 이제 이바르는 어른이
구나. 안네 마리, 그 아이를 이리 좀 줘 봐요,
안아 보게. 내 귀여운 작은 인형! (보모에게서 막
내 아이를 받아 안으면서 춤을 춘다) 그래 그래, 엄
마는 봅과도 춤출 거야. 뭐? 눈싸움을 했다고?
어머, 엄마도 같이 갈 걸. 아, 됐어, 안네 마
리⋯⋯내가 벗기겠어. 내가 한다니까⋯⋯재미있
는 걸. 아이들 방에 가서 쉬어요.⋯⋯추워서 손
발이 얼어 있네. 따끈한 커피가 난로 위에 있어.

　　보모는 왼쪽 방으로 사라진다. 노라는 아이들의 외
투와 모자를 벗겨 주위에 내던진다. 그 동안 아이들
은 서로 재잘거리고 있다.

노 라 어머나! 그렇게 큰 개가 너희를 뒤쫓아 왔어? 하

46

지만 물지는 않았겠지? 그럼, 개는 귀여운 아이
들을 물지는 않아. 안 돼! 상자 속을 들여다보면
안 돼, 이바르! 그게 뭐냐고? 알고 싶어? 안 돼,
안 돼, 좋은 건 아냐. 응? 놀고 싶니? 뭘 하고
놀까? 숨바꼭질? 그럼 숨바꼭질을 하자. 봅이 먼
저 숨어라. 엄마가 먼저? 그래, 엄마가 먼저 숨
지.

노라와 아이들은 이 방과 오른쪽 옆 방에서 즐겁게
논다. 마지막으로 노라가 테이블 밑에 숨는다. 아이
들이 달려와서 그녀를 찾는다. 하지만 발견되지 않는
다. 노라가 테이블 밑에서 킥킥거리는 웃음 소리를
듣고 테이블 옆으로 달려가 테이블 클로스를 걷어올
리고 그녀를 발견한다. 환성을 지르며 웃어댄다. 노
라가 아이들을 놀려 주려고 기어서 나온다. 다시 환
성. 그러는 동안 현관문에서 노크 소리가 나지만 아
무도 알아채지 못한다. 이윽고 문이 반쯤 열리고 크
로구스타가 나타난다. 그는 잠시 기다리고 있다. 놀
이는 아직 계속되고 있다.

제 10 장

노라, 아이들, 크로구스타.

크로구스타 실례합니다, 헬머 부인.

노 라 (돌아보고, 놀라서 거의 펄쩍 뛰며 낮은 목소리로 외친다) 어머나, 무슨 일이에요?

크로구스타 실례합니다. 바깥 문이 열려 있기에······아마 어느 분이 닫는 것을 깜빡 잊었던 모양이에요.

노 라 (일어선다) 남편은 안 계세요, 크로구스타 씨.

크로구스타 알고 있습니다.

노 라 그럼······무슨 일로?

크로구스타 부인께 잠깐 드릴 말씀이 있어서요.

노 라 저에게······? (아이들에게 작은 목소리로) 안네 마리에게 가 있거라. 뭐? 아냐, 이 아저씨가 엄마에게 나쁜 짓을 하지는 않아. 이분이 가시면 또 놀아 줄게.
　　　(노라는 아이들을 왼쪽 방으로 들여보내고 문을 닫는다)

노 라 (불안한 듯이 긴장하여) 하실 이야기가 있다고요?

크로구스타 네, 그렇습니다.

노 라 오늘이······? 하지만 아직 초하루는 아니잖아요?

크로구스타 네, 오늘은 크리스마스 이브예요. 어떤 선물을 원하시는지는 부인 자신에게 달려 있어요.

노 라 어쩌라는 거예요? 오늘은 도저히 안 되겠어
      요…….

크로구스타 아, 지금은 그 이야기를 하고 싶지는 않아
      요. 다른 이야기에요. 잠깐 시간이 있으신가요?

노 라 네, 시간은 있어요. 하지만…….

크로구스타 좋아요. 저는 올센의 레스토랑에 앉아 있다
      가 이 댁의 주인께서 거리를 지나가시는 걸 보았
      습니다.

노 라 그래요?

크로구스타 ……어느 부인과 함께 지나가시는 걸.

노 라 그래서요?

크로구스타 그 부인은 린데 부인이 아닙니까?

노 라 네, 그런데요.

크로구스타 이곳에 방금 도착했죠?

노 라 그래요, 오늘 도착했어요.

크로구스타 그분은 부인과 가까운 친구죠?

노 라 그래요. 하지만 왜 당신은…….

크로구스타 저도 예전에 그분을 알고 있었어요.

노 라 그렇다더군요.

크로구스타 네? 그럼 모든 걸 다 알고 있군요. 그럴 거
      라고 생각했어요. 그럼 간단히 물어 보겠습니다,
      린데 부인이 은행에 채용되는 겁니까?

노 라 어머, 크로구스타 씨, 그렇게 저에게 마치 신문
      하듯이 이것저것 캐어묻는 건 실례가 아닌가요?
      당신은 제 남편의 부하 직원이잖아요? 하지만 질
      문하셨으니 가르쳐 드리죠. 확실히 린데 부인은

　　　은행에 채용될 거예요. 그리고 그렇게 되도록 노
　　　력한 사람은 저예요. 크로구스타 씨. 아셨죠?

크로구스타　역시 내가 추측한 대로군요.

노　라　(방안을 왔다갔다 걸어다니면서) 사람은 언제나 약
　　　간의 영향력은 갖고 있다고 생각해요. 아무리 여
　　　자라 할지라도 아무런……. 크로구스타씨, 남의
　　　밑에 있는 사람은 말예요. 너무 무례한 말은 하
　　　지 않는 게 좋아요.

크로구스타　영향력이 있는 사람에게 말이죠?

노　라　그래요.

크로구스타　(어조를 바꾼다) 헬머 부인, 그 영향력을 저
　　　를 위해 써 주실 수 없겠습니까?

노　라　네? 무슨 말씀이시죠?

크로구스타　앞으로도 은행에서, 제가 부인의 남편 밑에
　　　서 일할 수 있도록 힘을 좀 써 주십시오.

노　라　무슨 말씀인지 모르겠네요. 도대체 당신의 자리
　　　를 빼앗으려는 사람이라도 있나요?

크로구스타　아니, 모르는 체하실 필요는 없어요. 아까
　　　부인 친구는 나와 마주 보기를 싫어했어요. 그
　　　이유도 잘 알고 있습니다.……그리고 내가 쫓겨
　　　나게 되는 것이 누구 때문인가 하는 것도, 잘 알
　　　고 있으니까요.

노　라　하지만 나는 정말로…….

크로구스타　네, 좋아요. 간단히 이야기합시다. 아직 시
　　　간은 있으니까요. 부인의 그 영향력으로 그런 사
　　　태가 일어나지 않도록 힘써 주세요.

노 라 하지만 크로구스타 씨, 나는 영향력 같은 건 전
혀 없어요.

크로구스타 그래요? 방금 그렇게 말씀하시지 않았습니
까…….

노 라 하지만 그런 의미로 말한 게 아녜요. 내가? 어떻
게 내가 남편에게 그런 영향력을 미칠 수 있다고
생각하세요?

크로구스타 아니, 나는 부인의 남편을 학생 때부터 알고
있어요. 은행장께서 세상의 다른 남자들보다 아
내에게 더 완고하리라고는 생각되지 않는데요.

노 라 남편을 경멸하는 말을 하시려면, 나가 주세요.

크로구스타 대단하시군요, 부인.

노 라 당신 따위는 이제 무섭지 않아요. 새해에는 모든
걸 정리해 버릴 테니까요.

크로구스타 (더욱 자제하면서) 아시겠어요? 부인, 필요하
다면 나는 그 은행의 변변찮은 지위를 유지하기
위해 결사적으로 싸울 작정입니다.

노 라 정말 그러실 것 같군요.

크로구스타 그것도 수입 때문만은 아닙니다. 그런 건 어
떻든 상관없어요. 다른 이유가 있어요……그렇
군요, 그럼 말해 버리죠. 수년 전에 내가 무분별
하게 한 번 과오를 범했다고 세상 사람들이 말하
는 건 물론 부인도 알고 있겠죠.

노 라 그런 이야기를 들은 것 같아요.

크로구스타 그 일은 재판까지 가지는 않았어요. 그런데
그 순간부터 저에게는 모든 길이 막혀 버렸어요.

그래서 나는 부인이 아시는 바와 같은 일을 하기 시작했죠. 무엇이든 해야만 했으니까요. 그래도 내가 가장 악질이었다고는 생각하지 않습니다. 하지만 지금은 그런 일에서 깨끗이 손을 떼야겠어요. 아이들이 커 가고 있어요. 아이들을 위해서도 나는 사회적 신용과 명예를 회복해야 합니다. 은행의 일자리는 내게 있어 '사닥다리의 첫 단계'인 셈이었어요. 그런데 지금 부인의 남편께서는 나를 걷어차 사닥다리에서 떨어뜨리고 다시 진흙 속으로 빠뜨리려 합니다.

노 라 하지만 크로구스타 씨. 당신을 도와 드릴 힘이 내게는 없어요.

크로구스타 그럴 생각이 부인에게 없기 때문이에요. 하지만 강제로라도 그렇게 하도록 만들 방법이 제게는 있습니다.

노 라 설마 내가 당신에게 돈을 빌렸다는 이야기를 남편에게 하려는 건 아니겠죠?

크로구스타 흠, 만일 이야기한다면요?

노 라 그건 비열한 짓이에요. (눈물을 흘릴 것 같은 표정으로) 그 비밀은 나의 기쁨이고 자랑으로 여기고 있는 거예요. 그런데 그런 더럽고 비겁한 방식으로 그이에게 알려지다니,……더구나 당신의 입을 통해 알려지다니! 내가 그런 불유쾌한 꼴을 당하게 하다니…….

크로구스타 불유쾌할 뿐일까요?

노 라 (사납게) 하지만 그렇게 하고 싶으면 해 보세요!

제일 큰 손해를 보는 쪽은 당신이에요. 그렇게 되면 당신이 얼마나 나쁜 사람인지 남편도 알게 될 테니까요. 그러면 당신은 지금의 지위를 유지해 갈 수 없어요.

크로구스타 부인이 집안에서의 불유쾌함만을 두려워하는지 묻는 것입니다.

노 라 만일 남편이 알게 되면 그이가 잔금을 돌려줄 거예요. 그러면 당신과의 관계는 끝나겠죠.

크로구스타 (한 발 가까이 다가서며) 아, 부인……당신은 꽤나 기억력이 나쁘거나, 아니면 돈을 빌리고 갚는 일에 대해 잘 모르고 있군요. 이 일에 대해 좀더 자세히 설명하겠습니다.

노 라 뭐라구요?

크로구스타 주인께서 앓고 계실 때, 부인은 나에게 찾아와 1천2백 탈러를 빌려 달라고 하셨어요.

노 라 달리 아는 사람이 없었어요.

크로구스타 그래서 나는 돈을 마련해 드리겠다고 약속했습니다.

노 라 그래요, 그리고 빌려 주셨잖아요.

크로구스타 다만 나는 일정한 조건으로 돈을 마련해 주겠다고 약속했어요. 부인은 그 무렵에 남편의 병환을 고치는 일이 급했고 여비를 마련하기에 여념이 없었기 때문에 그 조건에 대해서는 전혀 주의를 기울이지 않았으리라고 생각해요. 그러므로 그 조건을 다시 한 번 생각해 내 보시는게 좋으리라고 생각합니다. 요컨대 나는 그때, 부인 대신 내가 작성한 차용 증서와 교환하는 조건으로 돈을 마련해 주기로 약속했던 겁니다.

노 라 증서는 당신이 작성했지만 서명은 내가 했어요.

크로구스타 그래요. 하지만 나는 그 밑에다 아버님이 보증한다는 내용의 말을 몇 줄 적어 두었죠. 거기에 부인의 아버님이 서명하시기로 하고 말입니다.

노 라 서명하시기로 했다고……? 아버님이 서명하셨잖아요.

크로구스타 나는 그 날짜를 적지 않았죠. 아버님이 서류에 서명하실 때 날짜도 기입하시도록 하기 위해서요. 기억납니까?

노 라 네, 그런 것 같아요.

크로구스타 그래서 나는 그 차용 증서를 부인에게 넘겨주고, 아버님께 우송하라고 부탁드렸죠, 그렇죠?

노 라 그랬어요.

크로구스타 물론 부인은 즉시 그렇게 했죠. 5,6일 후에 아버님의 서명을 받아 나에게 그 증서를 갖고 오셨으니까요. 그래서 나는 필요하신 돈을 넘겨 준 겁니다.

노 라 그래서요? 꼬박꼬박 갚아 나가고 있잖아요?

크로구스타 네, 그런 셈이죠. 그런데 아까 하던 이야기로 되돌아가서……부인에게는 그때가 굉장히 어려운 때였죠.

노 라 네, 정말 괴로웠어요.

크로구스타 아버님께서는 중환이셨죠?

노 라 거의 소생하실 가망이 없었어요.

크로구스타 그리고 그 후에 곧 돌아가셨죠?

노 라 네.

크로구스타 그런데, 부인. 아버님이 돌아가신 날짜를 기억하고 계십니까.

노 라 아버님은 9월 29일에 돌아가셨어요.

크로구스타 맞아요 ……나도 조사해 봤어요. 그런데 아무래도 묘한 일이 생겨서.(서류 한 장을 꺼낸다) 이걸 설명할 길이 없어요.

노 라 묘한 일이라니, 뭐죠……?

크로구스타 묘하다는 건, 부인 아버님이 돌아가신 지 3일 후에 이 증서에 서명하고 있다는 점입니다.

노 라 뭐라고요? 알 수 없는 얘기인데요…….

크로구스타 아버님은 9월 29일에 돌아가셨어요. 하지만 여기를 보세요. 아버님 서명은 10월 2일에 하신 것으로 되어 있어요. 이상하지 않습니까, 부인?

노 라 (잠자코 있다)

크로구스타 이걸 설명해 주실 수 있습니까?

노 라 (여전히 입을 다물고 있다)

크로구스타 그리고 또 10월 2일이라는 글자와 연호가 아버님이 쓰신 게 아니라 내가 알 수 있을 듯한 다른 사람의 필적이라는 점도 이상해요. 아, 이건 어떻게든 설명이 되겠죠. 아버님이 서명하시고 날짜 기입하는 걸 잊으셔서 누군가가 적당히 써 넣었는지도 모릅니다. 돌아가셨다는 통지를 받기 전에. 그건 뭐 대수로운 일이 아닙니다. 문제는 서명이죠. 이건 물론 진짜겠죠, 부인? 틀림없이 아버님이 여기에 직접 서명하신 거죠?

노 라 (잠시 입을 다물고 있다가 머리를 뒤로 젖히고는 반항적으로 상대를 바라보며) 아뇨, 그렇지 않아요. 내가 거기에 아버님의 이름을 썼어요.

크로구스타 아니, 부인. ……알고 계십니까? 그건 매우 위험한 고백이에요.

노 라 왜요? 돈은 곧 갚을 거예요.

크로구스타 그럼 한 가지 더 물어 보겠는데요……부인은 왜 그 차용 증서를 아버님에게 보내시지 않았나요?

노 라 보낼 수 없었어요. 아버님은 병환중이셨어요. 아버님에게 서명해 달라고 부탁드리려면 어디에 돈을 쓰겠다는 말씀도 드려야 되잖아요? 하지만 중병을 앓고 계시는 아버님에게 남편의 생명이 위독하다는 말을 할 수 있어요? 그런 말은 할 수 없었어요.

크로구스타 그러면 외국 여행을 그만두는 편이 나았어요.

노 라 아뇨, 그럴 수는 없었어요. 여행을 가서 남편의 생명을 구해야 했으니까요. 그만둘 수가 없었어요.

크로구스타 그러면 그때 부인이 나를 속였다고 생각하지는 않았나요?

노 라 그런 건 문제가 아니었어요. 당신 일은 어떻든 상관없었어요. 나는 견딜 수 없었어요. 남편이 위독하다는 걸 잘 알면서 당신은 냉정하게 여러 가지 까다로운 이야기만 꺼내고 있었으니까요.

크로구스타 부인은 자신이 저지른 죄가 어떤 건지 전혀 알아채지 못하고 있군요. 하지만 아시겠어요, 내가 예전에 저지른 잘못도 그것과 똑같은 경우였어요. 그래서 나는 자신의 평판을 엉망으로 만들어 버린 거예요.

노 라 당신이? 당신이 부인의 생명을 구하기 위해 무슨 훌륭한 일을 한 것처럼 말하실 작정인가요?

크로구스타 법률은 결코 동기가 어떠했는가 묻지 않습니다.

노 라 그럼 그건 매우 나쁜 법률이에요.

크로구스타 나쁘든 어떻든……내가 이 서류를 재판소에 제출하면 당신은 법률에 따라 처벌받습니다.

노 라 그런 법이 어디 있어요. 죽어 가고 있는 늙은 아버지에게 걱정을 끼치지 않을 권리도 딸에게는 없나요? 남편의 목숨을 구할 권리가 아내에게 없을 리 있나요? 법률에 대해서는 잘 모르지만 그런 건 괜찮다고 어딘가에 분명히 씌어 있을 거예요. 당신은 그런 것도 몰라요, 자기 직업인데? 엉터리 법률가군요, 크로구스타 씨.

크로구스타 그럴지도 몰라요. 하지만 이런 문제……나와 부인 사이의 문제에 대해서는 아무래도 내가 더 잘 알고 있지 않을까요? 좋아요, 마음대로 하세요. 그러나 분명히 말해 두지만 만일 내가 한 번 더 내쫓기게 되면 그때는 부인도 나와 같은 처지가 될 겁니다.
(인사를 하고 현관문으로 나간다)

제 11 장

노라, 아이들.

노 라 (한참 생각에 잠겨 있다. 이윽고 머리를 뒤로 젖힌
다) 어떻게 저런 협박을⋯⋯! 나는 그런 바보가
아냐. (아이들의 옷들을 치우기 시작하다가, 이내 손
을 놓고) 하지만⋯⋯? 아냐, 그럴 리가 없어! 모
두 애정 때문에 한 일인 걸.

아이들 (왼쪽 문에서) 엄마, 그 아저씨 지금 가셨어.

노 라 응, 알고 있다. 하지만 그 아저씨 이야기는 누구
한테도 하지 말아라. 알았지? 아빠에게도 말야!

아이들 응, 엄마. 그럼 또 같이 놀 거지?

노 라 안 돼, 지금은 안 돼.

아이들 그렇지만, 엄마, 약속했잖아?

노 라 응, 하지만 지금은 안 돼. 자, 저쪽으로 가거라.
엄마는 할 일이 많아. 자, 가거라⋯⋯우리 착한
애기들.

그녀는 다정하게 아이들을 옆 방으로 들여보내고
문을 닫는다.

제 12 장

노라, 헬레네.

노 라 (소파에 앉아 수예 감을 집어들어 두세 번 바늘을 움
직이다가 곧 그만두고) 아냐! (수예 감을 내던지고,
일어서서 현관문으로 가서 부른다) 헬레네! 크리스
마스 트리를 가져와! (왼쪽 테이블 앞으로 가서 서
랍을 연다. 하지만 또 그만두고) 아냐, 절대로 그럴
리가 없어!

헬레네 (크리스마스 트리를 들고 와서) 어디다 놓을까요,
마님?

노 라 거기, 그 한가운데에.

헬레네 또 가져올 건 없나요?

노 라 아니, 고마워, 필요한 건 다 있어. (헬레네는 나
무를 세워 놓고 나간다. 노라는 그 나무를 장식하기
시작한다)

　여기에 불을 켜 놓고 …… 저기에는 꽃을. ……
아, 지겨운 남자! 다 엉터리야! 걱정할 건 없어.
크리스마스 트리를 예쁘게 장식해야지. 당신이
기뻐하는 일은 무엇이든 할 거야. ……노래도
부르고 춤도 출 거야…….

제 13 장

노라, 헬머

헬 머 (한 뭉치의 서류를 껴안고 밖에서 들어온다)

노 라 어머나……벌써 돌아오세요?

헬 머 응. 누가 왔었나?

노 라 여기? 아뇨.

헬 머 이상하군. 크로구스타가 집에서 나가는 걸 봤는데.

노 라 그래요? 아, 맞아요. 크로구스타가 잠깐 들렸어요.

헬 머 거 봐, 당신 얼굴에 씌어 있어. 녀석이 당신에게 부탁하러 온 거야. 잘 돌봐 달라고 말야.

노 라 그래요.

헬 머 그래서 당신은 자발적으로 하는 것처럼 그렇게 말하려 했지? 그 녀석이 여기 다녀간 것도 말하지 않으려 했어. 그렇게 하도록 부탁한 것도 그 녀석이지?

노 라 그래요, 여보, 하지만 …….

헬 머 노라, 노라, 왜 그런 짓을 할 생각이 들었지? 그런 인간과 이야기를 나누고 약속을 하다니! 게다가 나에게 거짓말을 하다니!

노 라 거짓말……?

헬 머 아무도 오지 않았다고 했잖아? (손가락으로 위협하는 척 한다) 귀여운 우리 작은 새는 이제 결코 그런 짓을 해서는 안 돼. 귀여운 우리 작은 새는 더럽혀지지 않은 부리로 지저귀어야 해. ……결코 꾸며낸 목소리로 노래해서는 안 돼. (팔을 노라의 허리에 감고) 그렇지? 응, 그건 알고 있었어. (노라를 떼어놓는다) 자아, 이 이야기는 이제 그만하지. (난로 앞에 앉아) 아, 여기는 정말 쾌적하고 기분이 좋군. (잠깐 서류를 뒤적인다)

노 라 (크리스마스 트리를 열심히 장식한다. 잠시 후에) 여보!

헬 머 응?

노 라 모레 스텐보르그 씨 댁에서 열릴 가장 무도회가 무척 기다려져요.

헬 머 나도 당신이 어떤 방식으로 깜짝 놀라게 해 줄까 크게 기대하고 있어.

노 라 아아, 그런데 글렀어요.

헬 머 왜 그러지?

노 라 좋은 생각이 떠오르지 않아요. 모두 평범하고 쓸모없는 것들이어서요.

헬 머 아니, 우리 귀여운 노라도 드디어 그런 말을 하게 되었나?

노 라 (헬머의 의자 뒤에서 팔을 의자 뒤에 걸치고) 바쁘세요, 당신?

헬 머 응…….

노 라 그게 무슨 서류예요?

헬 머 은행 서류야.

노 라 벌써?

헬 머 퇴직하는 은행장이 넘겨 준 거야. 필요한 인사 이동과 업무 계획의 변경을 해도 돼. 크리스마스 휴가중에 처리해야 해. 새해가 되기 전에 모두 깨끗이 마무리지어 두고 싶으니까.

노 라 그래서 그 가엾은 크로구스타 씨가…….

헬 머 흠!

노 라 (여전히 의자의 등에 기대어 헬머의 머리칼을 천천히 어루만지면서) 당신이 그렇게 바쁘시지 않으면 꼭 부탁드릴 게 있는데요…….

헬 머 말해 봐, 뭐지?

노 라 당신만큼 고상한 취미를 가진 사람은 없어요. 내가 가장 무도회에서 사람들을 깜짝 놀라게 해 주고 싶어요. 당신이 도와 주지 않겠어요? 내가 어떤 모습으로 가장하면 좋을지, 그리고 어떤 옷을 입으면 좋을지 결정해 주지 않겠어요?

헬 머 아니, 이 귀여운 고집쟁이가 녹초가 되었군, 구원을 청하다니.

노 라 그래요, 여보. 당신이 도와 주지 않으면 나는 아무 일도 할 수 없어요.

헬 머 좋아. 잘 생각해 볼게. ……뭔가 있을 거야.

노 라 아, 고마워요. (다시 크리스마스 트리 앞으로 가서 잠시 후에) 정말 예쁘군요, 이 빨간 꽃은. …… 그런데 정말 그렇게 나쁜 짓이었나요, 그 크로구스타라는 사람이 저지른 일이?

헬 머 허위 서명을 했어. 무슨 말인지 알겠어?

노　라　다급해서 한 짓이 아닐까요?

헬　머　응, 그렇지 않으면 흔히 볼 수 있는 경솔함 때문
　　　　이지. 나도, 그런 짓을 했다고 해서 그 하나만으
　　　　로 한 남자를 말살할 만큼 냉정하지는 않아.

노　라　그래요. ……정말이에요.

헬　머　자기 잘못을 분명히 고백하고 형벌을 받음으로써
　　　　도덕적으로 다시 일어설 수 있는 인간이 얼마든
　　　　지 있으니까.

노　라　형벌을……?

헬　머　하지만 크로구스타라는 사내는 그렇게 하지 않았
　　　　어. 속임수나 변명으로 뚫고 나가려 했지. 그래
　　　　서 그 사내는 도덕적으로 파멸된 거야.

노　라　당신은 그게……?

헬　머　생각해 봐. 일단 이렇게 되면, 그런 양심의 가책
　　　　을 느끼는 인간은 항상 거짓말을 해서 남을 속이
　　　　며 가면을 쓰고 있는 거야. 그렇게 하지 않고는
　　　　살아갈 수 없지. 자기에게 가장 가까운 사람에게
　　　　도, 자기 아내나 아이들에게까지 가면을 쓰고 대
　　　　해야만 하지. 자식들에게도……노라, 이보다 더
　　　　두려운 일이 어디 있어.

노　라　왜요?

헬　머　왜라니, 그런 거짓말에서 나오는 악취는 집안의
　　　　구석구석까지 오염시켜 질병을 퍼뜨리기 때문이
　　　　지. 이런 집안에서 자라는 아이들은 숨쉴 때마다
　　　　공기 속의 사악한 병균을 호흡하는 거야.

노　라　(헬머의 뒤로 다가가서) 정말로 그렇게 생각해요?

헬 머 그건 내가 변호사 일을 하면서 실컷 봐 왔지. 젊은 시절에 타락하는 인간은 대개 어머니가 거짓말쟁이인 경우가 많아.

노 라 왜……어머니예요?

헬 머 어머니 탓인 경우가 많아. 물론 아버지도 마찬가지로 영향을 미치지……변호사라면 모두 잘 알고 있는 일이야. 그런데 그 크로구스타라는 녀석은 몇 해 동안이나 거짓과 속임수로 제 자식들을 망쳐 놓고 있는 거야. 그래서 그 녀석은 도덕적으로 썩어빠진 인간이라는 거야. (노라에게 양손을 뻗치고) 내 귀여운 노라는 그런 사내를 변호하지 않겠다고 약속해야 해. 자아, 악수해. 응? 왜 그래? 손을 내밀어. 됐어, 약속했어. 정말이지 나는 그 녀석과는 함께 일 할 수 없을 것 같아. 그런 사내 옆에 있으면 생리적으로 불쾌감을 느낀다구.

노 라 (손을 빼고 크리스마스 트리 뒤쪽으로 가서) 어머, 여기는 덥군요. 나는 할 일이 많아요.

헬 머 (일어서서 서류를 덮는다) 응, 나도 식사 전에 이 서류를 좀더 살펴봐야 해. 그리고 당신 의상도 생각해 봐야지. 그리고 뭔가, 금종이에 싸서 크리스마스 트리에 걸어 둘 선물도 준비할 수 있을지 모르겠군. (노라의 머리 위에 손을 얹고) 귀여운 우리 작은 새. (자기 방으로 들어가서 문을 닫는다)

제 14 장

노라, 안네 마리.

노 라 (잠시 후에 낮은 목소리로) 설마! 그럴 리 없어.
절대로 있을 수 없어!

안네 마리 (왼쪽 문 옆에서) 아이들이 엄마한테 가겠다고
졸라대는데요.

노 라 안 돼, 안 돼. 안 돼요. 나한테 보내지 말아요!
애들하고 같이 있어 줘요, 안네 마리.

안네 마리 네, 네, 마님. (문을 닫는다)

노 라 (두려움으로 얼굴이 창백해져서) 내가 우리 아이들
을 타락시키다니……! 우리 가정을 망친다고?
(잠시 후 고개를 든다) 그건 거짓말이야, 절대로
거짓말이야!

제 2 막

같은 방. 피아노 옆 구석에 장식이 떼어진 크리스마스 트리가 타다 남은 양초를 매단 채 지저분한 모습으로 서 있다. 노라의 외투가 소파 위에 놓여 있다.

제 1 장

노라.

노 라 (혼자서 불안한 듯이 방안을 돌아다니고 있다. 겨우 소파 옆에 멈춰 서서 외투를 집어 든다. 이어 외투를 다시 내려놓고) 누가 왔어! (문 옆으로 가서 귀를 기울인다) 아니, 아무도 아니군. ……괜찮아…… 오늘은 크리스마스 주 첫날인 걸, 사람이 올 리

가 없어……내일도 그래.……하지만 어쩌
면……(문을 열고 밖을 내다본다) 아냐, 우편함에
도 아무것도 없어……텅 비어 있군. (앞쪽으로 다
가와서) 아, 어이가 없군! 그 사람이 진정으로
그런 짓을 할 리가 없어. 그런 일이 일어날 리가
없어. 불가능해. 내게는 아이들이 셋이나 있는
걸.

제 2 장

노라, 안네 마리.

안네 마리 (커다란 종이 상자를 껴안고 왼쪽 방에서 들어온
다) 가장 무도회용 의상이 들어 있는 상자를 겨
우 찾았어요.
노 라 고마워요. 테이블 위에 내려놓아요.
안네 마리 (내려놓는다) 그런데 몹시 구겨져 있을 거예
요.
노 라 아아, 갈기갈기 찢어 버리고 싶어!
안네 마리 어머나, ……금방 수선할 수 있어요……조금
만 참으세요.
노 라 응, 크리스티네를 불러오겠어요. 도와 줄 거야.
안네 마리 또 나가세요? 날씨가 이렇게 지독한 데요? 감
기라도 걸리면……병 나시겠어요.

노 라 아아, 병에 걸리는 것으로로 다 해결이 되면 차
라리 그러는 편이 낫겠어요……아이들은 뭘 하
고 있죠?

안네 마리 크리스마스 선물을 가지고 놀고 있어요. 가엾
게도…….

노 라 내 말을 하던가요?

안네 마리 언제나 엄마와 함께 있었잖아요.

노 라 아아, 안네 마리, 하지만 앞으로는 지금까지와
같이 언제나 아이들과 함께 있을 수 없어요.

안네 마리 그러세요? 아이들은 무슨 일에나 곧 익숙해지
니까요.

노 라 그럴까요? 엄마를 잊어버릴까요, 만일 엄마가 멀
리 가 버려도?

안네 마리 왜 그런 말씀을. ……멀리 가 버리다니요!

노 라 늘 이상하게 생각하고 있었는데……안네 마리는
어떻게 자기 아이를 남에게 넘겨 줄 생각을 할
수 있었어요?

안네 마리 하지만 그럴 수밖에 없었어요. 귀여운 노라에
게 젖을 먹이게 되었으니까요.

노 라 그래. 그렇지만 어떻게 그런 결심을 할 수 있었
어요?

안네 마리 좋은 집에서 일할 자리를 얻을 수 있었으니까
요. 가난한 계집애가 아이를 낳고 고생을 하고
있었거든요. 열심히 일해야 했어요. 그 얼간이
같은 작자는 저를 위해 해 준 일이라곤 하나도
없었어요.

노 라 안네 마리가 낳은 딸은 어머니 생각을 다 잊어버
렸겠죠?

안네 마리 마님, 잊어버리다니요! 그애가 견진성사를 받
았을 때와 결혼했을 때도 편지를 보내 왔어요.

노 라 (팔로 안네 마리의 목을 껴안는다) 안네 마리! 내가
어렸을 때는 정말 좋은 어머니였어요!

안네 마리 어린 노라에게는, 가엾게도 나밖에는 어머니
가 없었으니까요.

노 라 만일 우리 아이들도 어머니가 없게 되면 틀림없
이 안네 마리가…… 어머, 내가 무슨 말을 하는
거야, 바보 같은 소리를! (상자를 연다) 아이들에
게 가 봐요. 나는 지금부터…… 내가 얼마나 멋
있는지는 내일이면 알게 될 거예요.

안네 마리 그야 무도회에서는 마님만큼 아름다운 분은
없을 거예요. (왼쪽으로 나간다)

노 라 (상자에서 옷을 꺼내기 시작하다가 다시 내던진다)
아아, 집을 나가 버릴까. 아무도 오지만 않는다
면. 그 동안 아무 일도 일어나지 않는다면. 어
머, 또 이런 생각을! ……아무도 오지 않아! 그
런 생각은 하지 말자. 자아, 머프(모피로 만든 외
짝 토시)의 먼지를 털자. 그리고 이건 예쁜 장갑
이지. 예쁜 장갑이야. 아아, 이제 지겨운 일은
잊어버리자……잊어버리자! (춤출 때 발의 박자)
하나, 둘, 셋, 넷, 다섯, 여섯……(외친다) 아,
누가 왔어!……(문 쪽으로 가려다가 망설이며 멈춰
선다)

제 3 장

노라, 린데 부인.

린데 부인 (현관에서 모자와 외투를 벗고 들어온다)

노 라 아아, 크리스티네야! 밖에는 아무도 없어? 정말
　　　잘 왔어!

린데 부인 일부러 들러서 그 높은 계단을 올라와 나를
　　　찾더라고 하기에.

노 라 응. 마침 지나는 길이어서. 내 일을 도와 줬으면
　　　하고. 소파에 앉아. 2층에 있는 스텐보르그 영사
　　　댁에서 내일 저녁에 가장 무도회가 열려. 그런데
　　　남편이 나에게 나폴리 어부의 딸로 분장하여 타
　　　란텔라 춤을 추라는 거야. 타란텔라 춤은 내가
　　　카프리에서 배운 거니까.

린데 부인 어머나……그럼 인기를 끌게 하려는 거야?

노 라 남편이 그렇게 하라는 거야. 이게 그 의상이야.
　　　……남편이 이탈리아에 갔을 때 맞춰 준 거야.
　　　그런데 이렇게 엉망으로 구겨지고 너덜너덜해서
　　　어떻게 하면 좋을지…….

린데 부인 금방 고칠 수 있어. 군데군데 솔기가 터졌을
　　　뿐인 걸. 바늘과 실은? 아, 여기 있군.

노 라 정말 고마워.

린데 부인 (바느질을 한다) 그래 내일은 분장을 하는 거
　　　야, 노라? 그럼 나도 여기에 잠깐 들러서 노라

모습을 구경하겠어. ……아, 깜빡 잊고 있었네,
어제 저녁에는 정말 고마웠어. 즐거웠어.

노 라 (일어서서 방안을 돌아다닌다) 나는 어제 여느때만
큼 즐겁지 않았어. ……크리스티네가 좀더 빨리
이곳에 와 줬으면 좋았을 텐데. ……남편은 집
안을 아주 유쾌하게 만드는 사람이야.

린데 부인 노라도 그래. 역시 그 아버지의 딸이야. 그런
데……그 랑크 선생은 언제나 우울해하고 있어,
어제처럼?

노 라 아냐, 어제는 아주 이상했어. 그분은 무서운 병
에 걸려 있어. 가엾게도 척추병이래. 그의 아버
지가 고약한 사람이어서 여러 여자와 관계했대.
그래서 랑크 선생은 어려서부터 병치레를 했대.

린데 부인 (바느질하던 것을 무릎 위에 내려놓고) 그런데
노라, 어떻게 그런 걸 알고 있지?

노 라 (방안을 돌아다닌다) 아이들이 셋이나 되고 보면,
이따금 상당한 의학 지식을 가진 부인들이 찾아
오거든. 그 사람들이 이것저것 가르쳐 주지.

린데 부인 (다시 바느질을 시작한다. 잠시 말이 없다) 랑크
선생은 매일 이 집에 오시니?

노 라 응. 그분은 어려서부터 남편과 가까운 친구야.
내 친구이기도 하고. 랑크 선생은 가족이나 다름
없어.

린데 부인 그런데 그분은 정말 진실한 분인가? 내 말은,
그분이 남에게 아첨꾼이 아니냔 말야.

노 라 어머, 그 반대야. 왜 그런 생각을 하지?

린데 부인 네가 어제 나를 그분에게 소개했을 때, 그분
이 이 집에서 내 이름을 자주 들었다고 했지? 그
런데 나중에 생각해 보니, 네 남편은 내가 누구
인지 전혀 모르고 계셨거든. 대체 랑크 선생이
왜⋯⋯?

노 라 그래, 맞아, 크리스티네. 남편은 나를 굉장히 사
랑하고 있어. 나를 독점하고 싶어할 정도로 말
야. 결혼 직후 내가 친정에 있었을 때는, 친한
사람 이름만 입에 올려도 곧잘 질투를 했어. 그
래서 나도 자연히 그러지 않았지. 하지만 랑크
선생과는 여러 가지 이야기를 하지. 그분은 재미
있어하며 들어 주시니까.

린데 부인 노라! 넌 아직 여러 면에서 어린애 같아. 나
는 너보다 나이도 많고 세상살이 경험도 많은 편
이야. 그래서 말해 두지만, 넌 랑크 선생과의 일
은 끝맺도록 해야 해.

노 라 끝맺다니?⋯⋯무엇을?

린데 부인 무엇이든 다 말야. 어제 넌 돈 많은 숭배자
이야기를 했지. 그 사람이 너에게 돈을 마련해
준다는⋯⋯.

노 라 아, 있지도 않은 사람 이야기야, 유감스럽게도.
그래서 어쨌단 말야?

린데 부인 랑크 선생은 부자야?

노 라 응, 부자야.

린데 부인 그리고 가족이 없지?

노 라 없어. 그런데⋯⋯?

린데 부인 매일 여기에 오는 거야?

노 라 그렇게 말했지.

린데 부인 어떻게 그런 좋은 신분의 사람이, 그렇게 뻔 뻔스러울 수가 있어?

노 라 무슨 말을 하고 있는지 모르겠는데?

린데 부인 시치미 떼지 말아, 노라. 네가 누구에게서 1천2백 탈러를 빌렸는지 내가 모르는 줄 알고?

노 라 너, 어떻게 된 거 아냐? 그런 생각을 하다니! 매 일 여기에 오는 우리 부부의 친구야! 그런 일을 하면, 아주 어색하고 서먹서먹한 관계가 될 게 뻔하잖아.

린데 부인 그럼 정말 그분이 아니란 말야?

노 라 아냐, 당연하지. 생각할 수도 없는 일이야……. 게다가 선생도 그때는 남에게 빌려 줄 돈도 갖고 있지 않았어, 유산 상속을 받은 건 훨씬 뒤의 일 인 걸.

린데 부인 그래. 그렇다면 정말 다행이었어, 노라.

노 라 랑크 선생한테 부탁한다는 건……생각할 수도 없는 일이었어. 하지만 내가 만일 부탁했다면 틀 림없이…….

린데 부인 물론 그러지는 않겠지.

노 라 물론 그러지는 않아. 그럴 필요도 없을 거야. ……하지만 내가 만일 부탁하면……틀림없이…….

린데 부인 남편 몰래?

노 라 그 밖에도 정리해야 할 게 있어. ……그것도 남 편 몰래 한 일이야. 그걸 정리해야 해!

린데 부인 노라, 내가 어제도 말했잖아? 어떻든 남편에게는…….

노 라 (왔다갔다하면서) 이런 일은 남자가 더 잘 해결할 수 있는데, 여자보다는…….

린데 부인 그 사람의 남편이라면.

노 라 안 돼! (멈춰 선다) 빚진 돈을 다 갚으면 차용 증서는 되돌려 주겠지?

린데 부인 당연하지.

노 라 그럼, 나는 그걸 갈기갈기 찢어 불살라 버리겠어……그 지겹고 더러운 종이를 말야!

린데 부인 (노라의 얼굴을 가만히 바라본다. 바느질하던 옷을 내려놓고 천천히 일어선다) 노라, 나에게 뭔가 숨기고 있군.

노 라 그렇게 보여?

린데 부인 무슨 일이 있었군, 어제 아침부터. 노라, 어찌 된 일이야?

노 라 (그녀에게로 다가가며) 크리스티네! (귀를 기울인다) 쉿! 그이가 돌아왔어. ……잠시 동안 아이들에게 가 있어. 그이는 바느질을 하고 있으면 싫어해. 안네 마리가 도와 줄 거야.

린데 부인 (바느질하던 것을 끌어모은다) 응, 하지만 그 이야기를 다 들려 주기 전에는 돌아가지 않을 거야. (왼쪽으로 퇴장. 동시에 헬머가 현관에서 들어온다)

제 4 장

노라, 헬머.

노 라 (맞아들이며) 꽤 늦었군요.

헬 머 바느질하는 사람인가……?

노 라 아뇨, 크리스티네예요. 내 의상을 고쳐 주고 있어요. 당신에게 정말 근사한 모습을 보여 줄게요.

헬 머 어때, 내 생각이 나쁘지 않지?

노 라 정말 멋있어요. 하지만 나도 나쁘지 않죠, 당신이 하라는 대로 했으니까?

헬 머 (그녀의 턱 밑에 손을 가져가며) 남편이 말하는 대로 했으니까 나쁘지 않다고? 아, 아, 이 응석꾸러기, 알고 있어. 그런 의미로 한 말이 아니라는 건. 하지만 방해가 되어서는 안 되겠는데……의상을 입어 봐야 할 테니까.

노 라 당신도 일을 하셔야죠?

헬 머 응. (서류 꾸러미를 보이며) 이거 봐요. 은행에 갔다 왔어. (자기 방으로 들어가려 한다)

노 라 여보!

헬 머 (멈춰 서서) 응?

노 라 만일 지금 당신의 귀여운 다람쥐가 꼭 부탁할 일이 있다면…….

헬 머 무슨 부탁인데?

노 라   들어주시겠어요?

헬 머   먼저 무슨 일인지 알아야지.

노 라   다람쥐는 여기저기 뛰어다니며 귀여운 모습도 보
        일 텐데, 만일 당신이 친절하게 내 말을 들어주
        시기만 한다면.

헬 머   말해 봐.

노 라   종달새는 이 방 저 방을 돌아다니며 지저귈 거예
        요, 큰 소리와 낮은 목소리로…….

헬 머   언제나 그랬잖소?

노 라   나는 요정이 되어서 당신을 위해 달빛 아래서 춤
        출 거예요.

헬 머   노라……오늘 아침에 당신이 꺼낸 그 이야기는
        아니겠지?

노 라   (다가가서) 그 이야기예요, 여보, 제발 부탁이에
        요.

헬 머   또 그 이야기를 꺼낼 작정이야?

노 라   그래요. 내가 말하는 대로 해 줘요. 크로구스타
        를 은행에 그대로 눌러 있게 해 줘요.

헬 머   이봐, 노라, 그 녀석의 자리에 린데 부인을 앉히
        기로 했어.

노 라   그건 정말 고마워요. 하지만 크로구스타 대신에
        다른 사람을 그만두게 하면 되잖아요.

헬 머   정말 터무니없는 고집을 부리는군! 그 녀석을 위
        해 잘 이야기해 주겠다고 경솔하게 약속을 했으
        니…….

노 라   그렇지 않아요. 당신 자신을 위해서예요. 그 사

람은 저질 신문에 곧잘 글을 쓰고 있다고 당신이 말했잖아요? 당신에게도 어떤 해를 입힐지 알 수 없어요. 나는 정말 무서워요, 그 사람이……

헬 머 아, 알았어. 예전 일을 생각해 내고 두려워하고 있군.

노 라 예전 일이라뇨?

헬 머 물론 당신 아버지에 관한 일이지.

노 라 그래요. 기억하고 있죠? 짓궂은 사람들이 아버지에 관한 글을 신문에 실어 얼마나 심하게 아버지를 중상했어요? 그때 만일 정부에서 당신을 파견하여 조사시키지 않았으면, 당신이 그렇게 친절하게 아버지를 도와 주지 않았다면, 아버지는 틀림없이 쫓겨났을 거예요.

헬 머 하지만 노라, 나는 전혀 달라. 당신 아버지는 관리로서 반드시 청렴 결백했던 건 아냐. 하지만 나는 깨끗해. ……앞으로도 그럴 거야. 지금의 자리에 있는 한은 말야.

노 라 하지만 알 수 없잖아요. 짓궂은 사람들이 무슨 짓을 할지. 앞으로는 안정되고 평화로운 가정에서 그야말로 즐겁고 행복하게 살아갈 수 있어요……당신과 나와 아이들이 말예요. 그러니 제발 부탁이에요…….

헬 머 그런 식으로 당신이 그 녀석을 감싸기 때문에 나는 더욱더 녀석을 그 자리에 앉혀 둘 수가 없는 거야. 내가 크로구스타를 해임시키려는 건 은행 안에 이미 알려져 있다구. 그런데 새 은행장이

　　　마누라의 말에 따라 생각을 바꾸었다는 소문이
　　　퍼져 봐…….

노 라　그럼 어때요?

헬 머　뻔하잖아……응석받이 마누라의 고집에 꺾인다
　　　고 하면……. 나는 은행원들 전체의 웃음거리가
　　　된다구……남이 하라는 대로 하는 사람이라고
　　　생각하게 만드는 거야. 그 결과가 내게 화를 미
　　　치게 되리라는 건, 당신도 알 수 있잖아? 그리
　　　고……내가 은행장으로 있을 동안은 크로구스타
　　　를 은행에 둘 수 없는 또 하나의 이유가 있어.

노 라　그게 뭐죠?

헬 머　그 녀석의 도덕적 결함에 대해서는 경우에 따라
　　　서 내가 눈감아 줄 수 없는 것도 아냐…….

노 라　그래요, 여보!

헬 머　그리고 그 녀석은 상당히 유능하다는 말도 들었
　　　어. 그러나 녀석은 학교 다닐 때의 내 친구야.
　　　경솔하게 어울린 사이라서 지금은 이따금 후회가
　　　된다니까. 실은 우리는 '너, 나' 하는 사이였다
　　　구. 그런데 녀석은 분별력이 없기 때문에 사람들
　　　앞에서도 그걸 감추려 하지 않아. 오히려……아
　　　주 친한 듯이 말하는 게 당연하다고 생각하는 거
　　　야. 그래서 늘 자네, 헬머라고 부르는 거야. 나
　　　에겐 정말 괴로운 일이야. 그 녀석이 있는 한,
　　　은행장으로서 내 체면은 유지해 갈 수 없어.

노 라　당신, 설마 진정으로 하는 말은 아니겠죠?

헬 머　그래? 왜 진정으로 하는 말이 아닌가?

노 라 그런 건 쓸데없는 일이잖아요.

헬 머 뭐라고? 쓸데없다고? 내가 쓸모없는 사람이란 말
야?

노 라 그렇지 않아요, 여보……그렇기 때문에…….

헬 머 같은 얘기야. 당신은 내 생각이 쓸데없다고 말했
어. 쓸데없다! 그래!……자아, 이제 확실히 결정
됐어. (현관 문을 열고) 헬레네!

노 라 어쩌시려고 그래요?

헬 머 (서류를 뒤진다) 결정됐어. (하녀가 들어온다)

제 5 장

헬머, 헬레네.

헬 머 (헬레네에게) 자, 이 편지를 갖고 곧 내려가서 심
부름꾼에게 주고 와. 서둘러, 주소는 거기 씌어
있어. 자, 돈이야.

헬레네 네. (편지를 들고 퇴장)

제 6 장

노라, 헬머.

헬 머 (서류를 정리한다) 자, 고집쟁이 귀여운 부인.

노 라 (숨을 죽이고)……뭐예요, 그 편지는?

헬 머 크로구스타의 해고 통지서야.

노 라 불러들여요, 여보! 아직 시간은 있어요. 아아, 여보, 제발 불러들여요! 나를 위해……당신을 위해, 아이들을 위해! 네, 여보, 그렇게 해 줘요! 당신은 모르고 있어요. 그 편지 때문에 우리 모두가 어떤 꼴을 당할지.

헬 머 이미 늦었어.

노 라 아아, 이미 늦었어요.

헬 머 아, 노라. 나는 화를 내지는 않겠어. 도대체 그런 걱정을 하는 건 나에 대한 모욕이야. 그래 모욕이고말고. 내가 그 따위 타락한 엉터리 변호사의 복수를 두려워하고 있다고 생각하다니, 모욕이 아니고 뭐야? 그래도 나는 용서해 주겠어. 그건 당신의 나에 대한 깊은 애정의 증거니까. (그녀를 껴안고) 될 대로 되라고 해, 귀여운 노라. 뭐든지 올 테면 오라고 해. 무슨 일이 생기면 내게는 용기도 있고, 힘도 있단 말야. 남자로서 모든 걸 떠맡아 보일 테니까.

노 ,라 (두려운 나머지 굳어져서) 뭐라고 하셨어요?

헬 머 내가 모든 걸 떠맡는다고…….

노 라 (침착하게) 절대로 그런 일은 일어나지 않을 거예요, 절대로.

헬 머 좋아, 그럼 둘이서 분담하자구, 노라. ……부부로서 말야. 그게 당연한 일이지. (그녀를 애무하며) 이제 만족하나? 자아, 자아, 그렇게 놀란 비둘기 같은 눈 하지 말아. 모두 망상에 지나지 않아. ……자아, 이제 타란텔라 춤을 추며 탬버린에 맞춰 연습해 봐야지. 나는 내 방에 들어가서 문을 닫고 있을 테니까. 그럼 아무 소리도 들리지 않아. 당신 마음대로 실컷 떠들어요. (문 옆에서 뒤돌아보며) 그리고 랑크 선생이 오면 내가 어디에 있는지 가르쳐 줘요. (노라에게 가볍게 고개를 끄덕이고, 서류를 들고 자기 방으로 들어가서 문을 닫는다)

제 7 장

노라, 랑크, 헬레네.

노 라 (두려움으로 마음이 혼란해져서 한 자리에 우두커니선 채로 중얼거린다) 그 사람은 그렇게 할지도 몰라. 그렇게 할 거야. 그리겠지. 무슨 일이 있어도. ……아니, 이 일만은 절대로 안 돼! 다른 일

이라면 몰라도! 그것만은! 아아, 구원은 어디
서……! 도피할 길은 어디에……! (현관에서 초인
종 소리가 난다) 랑크 선생이야! 다른 일이라면
몰라도, 그것만은! 그런 일은 절대로! (그녀는 손
으로 얼굴을 만지고 몸을 단정히 한 후 현관으로 통
하는 문을 연다. 밖에 서 있는 랑크는 털 외투를 옷걸
이에 걸고 있다. 다음 이야기를 주고받는 동안 주위
가 어두워져 간다)

노 라 어서 오세요, 랑크 선생님. 벨 소리를 듣고 선생
님인 줄 알았어요. 하지만 그이에게는 가지 마세
요. 지금은 바쁜가 봐요.

랑 크 부인은?

노 라 (랑크가 방으로 들어온 다음 문을 닫고) 어머, 잘
아시면서……선생님을 위해서라면 언제든 시간
이 있어요.

랑 크 고마워요. 그럼 언제든 그 친절을 받을게요. 가
능할 때까지.

노 라 무슨 의미예요? 가능한이라니요?

랑 크 그래요, 놀라셨습니까?

노 라 이상한 말씀을 하시니까요. 무슨 일이 있나요?

랑 크 이전부터 각오하고 있던 일이에요. 하지만 그렇
게 빨리 오리라고는 생각하지 않았어요.

노 라 (랑크의 팔을 잡고) 무슨 일이 있었어요? 랑크 선
생님, 말씀해 주세요.

랑 크 (난로 옆에 앉는다) 나는 이제 글렀어요. 어쩔 수
가 없어요.

노 라 (안도의 숨을 쉬며) 선생님 이야기군요…….

랑 크 누가 또 있습니까? 자기를 속여도 소용없잖아요? 나는 내 환자들 중에 가장 비참한 환자예요. 부인, 요즘 나는 신체 종합 검사를 해 봤어요. 파산이에요. 1개월도 되기 전에 나는 무덤 속에서 썩어 가고 있을 겁니다.

노 라 어머, 왜 그런 흉한 이야기를 하세요!

랑 크 사실 자체가 흉한 일이니까요. 그러나 가장 견딜 수 없는 건, 이제부터 언짢은 일들을 거쳐 가야 한다는 점이에요. 아직 한 가지 검사가 남아 있는데, 그것만 끝나면 분명히 알게 돼요. 이 몸이 언제부터 썩어 가는가 하는 것을 말예요. 부탁드릴 게 있어요. 헬머는 신경이 예민해서 무엇이든 추한 건 견딜 수 없어해요. 그래서 헬머가 내 병실에 와 주지 않기를 바랍니다…….

노 라 하지만 랑크 선생님…….

랑 크 와서는 안 돼요, 절대로. 못 들어오도록 문을 잠가 버리겠어요.……최악의 상태에 이른 걸 분명히 알게 되면, 내 명함에다 검정 십자가를 그려 부인에게 보내 드리겠어요. 그러면 흉한 몰골이라는 걸 알게 될 테니까요.

노 라 어머나, 선생님 오늘은 정말 이상해요……아주 좋은 기분이시기를 바랐는데…….

랑 크 죽음의 신을 노려보면서 말입니까? 나는 남이 저지른 과오를 대신 속죄하고 있는 거예요. 이것이 정의라는 겁니까? 하지만 어느 가정이든 이런 잔

혹한 복수 때문에 고뇌하고 있을 테지만요…….

노 라 (자기 귀를 막으며) 쓸데없는 생각이에요! 자아, 기운을 내세요, 기운을 내세요!

랑 크 아니 정말 모든 게 우스운 이야기에요. 가엾게도 죄 없는 내 척추는 아버지가 장교 때 방탕한 생활을 한 값을 치러야만 하니까요.

노 라 (왼쪽 테이블 옆에서) 아버님께서는 아스파라거스와 거위의 간으로 만든 파이를 드시기를 무척 좋아하신 거죠? 안 그래요?

랑 크 네, 그리고 버섯도 좋아하셨죠.

노 라 아, 버섯. 그래요. 그리고 굴도 싫어하지는 않으셨죠?

랑 크 물론이죠. 굴을 무척 좋아하셨어요.

노 라 게다가 와인이나 샴페인도 실컷 드시고요. 이렇게 맛있는 음식들이 척추에 해가 되다니 안됐어요.

랑 크 그런 맛있는 음식을 먹어 본 적도 없는 불쌍한 척추에 가장 슬픈 말입니다.

노 라 그래요, 그게 제일 우울한 일이에요.

랑 크 (미심쩍은 듯이 그녀를 바라보며) 흠…….

노 라 (잠시 후에) 뭐가 우스운가요?

랑 크 부인이 웃었잖아요.

노 라 아뇨, 선생님이 웃었어요.

랑 크 (일어선다) 부인은 의외로 짓궂은 분이군요.

노 라 오늘은 내가 정말 짓궂은 짓이라도 하고 싶어요!

랑 크 그런 것 같군요.

노 라 (양손을 랑크의 어깨에 얹고) 랑크 선생님, 그이와
나를 두고 죽어 버리시면 안 돼요.

랑 크 슬퍼해 주시는 건 고맙지만, 그런 기분도 곧 사
라져 버립니다. 죽은 사람은 잊혀지게 마련이에
요.

노 라 (걱정스러운 듯이 그를 바라보며) 그렇게 생각하세
요?

랑 크 새 친구를 곧 만들고, 그리고…….

노 라 누가 새 친구를 만들어요?

랑 크 부인과 헬머 두 분이죠. 내가 없어져 버리면 말
예요. 부인은 이미 잘 해 나가고 있지 않습니까.
그런데 어제 저녁에 린데 부인은 무슨 일로 왔습
니까?

노 라 어머나……선생님은 설마 그 가엾은 크리스티네
를 질투하고 있는 건 아니겠죠?

랑 크 아니, 그래요. 그 사람이 이 집에서 나 대신 친
구가 되겠죠. 내가 이 세상을 떠나면, 아마 그
부인이…….

노 라 쉿, 그렇게 큰소리로 말하지 마세요……저 방에
있어요.

랑 크 오늘도? 그것 봐요.

노 라 내 무도회 옷을 고쳐 주고 있을 뿐이에요. 정말
선생님, 왜 그런 말씀을 하세요? (소파에 앉는다)
자아, 랑크 선생님……내일이면 내가 얼마나 춤
을 잘 추는지 보여 드릴게요. ……그러면 선생님
은 내가 선생님을 위해 춤을 추고 있다고 생각하

셔도 좋아요……물론 그이를 위해서도 춤을 추
지만요……당연한 얘기죠. (상자에서 여러 가지 물
건들을 꺼낸다) 랑크 선생님……여기 앉으세요.
좋은 걸 보여 드리겠어요.

랑 크 (앉는다) 뭔가요?

노 라 이것 보세요!

랑 크 실크 양말이군요.

노 라 살색이에요. 예쁘지 않아요? 지금 이 방은 어둡
지만, 내일은……. 아, 안 돼요, 안 돼. 발 끝만
보셔요. 아, 좋아요. 선생님이니까 보셔도 좋아
요.

랑 크 흠…….

노 라 왜 그런 모습으로 보세요? 내게 어울리지 않는다
고 생각하시는가 보군요?

랑 크 위쪽은 알 수 없으니까, 뭐라고 말할 수가 없군
요.

노 라 (랑크를 흘긋 바라본다) 어머, 망측해라! (양말로
랑크의 귀를 가볍게 친다) 이게 그 벌이에요. (양
말을 치운다)

랑 크 또 뭐 근사한 걸 보여 주시겠습니까?

노 라 더 이상 보여 드리지 않겠어요. ……점잖지 못
하니까요. (잠깐 콧노래를 부르면서 물건 속을 뒤적
인다)

랑 크 (잠시 후에) 부인과 이렇게 허물없이 앉아 있으니
나는 알 수 없어요……아니, 상상도 할 수 없어
요……만일 이 집에 드나들지 않았다면, 내가 어

떻게 되었을지.

노 라 (미소지으며) 선생님은 진정으로 우리 집을 좋아
하신다고 생각해요.

랑 크 (낮은 목소리로, 자기 앞을 응시하면서) 그런데 모
든 걸 버리고 가야 하다니…….

노 라 왜 그런 말씀을……버리고 가시지는 않아요.

랑 크 (같은 어조로) 더구나 감사의 표시조차 남겨 두지
못하고 가게 되었으니 말예요……잠시 동안 섭
섭해하는 마음조차도……남겨진 건 빈 자리뿐이
고, 그것도 곧 다른 사람이 차지하고 말 테지요.

노 라 ……만일 내가 부탁드릴 게 있다면……? 아, 아
니에요…….

랑 크 무슨 부탁인데요?

노 라 선생님의 우정이 얼마나 깊은지 보여 주셨으면
하고…….

랑 크 아, 그래서요?

노 라 아니에요. ……굉장히 큰 도움이 필요해요…….

랑 크 그럼, 평생에 한 번은 나를 기쁘게 해 주시려는
거군요?

노 라 어머, 어떤 일인지 알지도 못하시면서.

랑 크 좋아요……말씀해 주세요.

노 라 아뇨, 안 돼요, 랑크 선생님……아주 대단한 일
이에요…… 상담도 드리고 싶고, 힘도 빌리고 싶
고, 도움도 받고 싶어요…….

랑 크 더욱 좋군요. 어떤 일인지 짐작이 가지 않아요.
그러나 말해 주세요. 나를 믿을 수 없습니까?

노　라 그야, 다른 누구보다도 신용하고 있어요. 선생님
　　　은 나의 가장 가까운 친구예요. 그래서 말하겠어
　　　요. 선생님, 나를 도와 주셨으면 좋겠어요. 어떤
　　　일이 일어나지 않도록 해 주셨으면 좋겠어요. 선
　　　생님, 그이가 얼마나 나를 진정으로 사랑하고 있
　　　는지 알고 계시죠. 나를 위해서라면, 잠시도 망
　　　설이지 않고 목숨을 내던질 사람이에요.

랑　크 (그녀에게 몸을 구부리고) 노라, 헬머 한 사람만이
　　　그럴 수 있으리라고 생각하십니까? 위급할
　　　때…….

노　라 (약간 몸을 떨며) 뭐라고요?

랑　크 부인을 위해 기꺼이 목숨을 내던질 사람 말예요.

노　라 (슬픈 듯이) 아아!

랑　크 이 기분을, 죽기 전에 꼭 부인에게 털어놓으려고
　　　했어요. 이렇게 좋은 기회는 없을 것 같습니다.
　　　……자아, 노라, 이제 아셨죠. 그러니까 부인도
　　　다른 누구보다도 나를 믿으세요.

노　라 (일어선다. 별생각 없이, 그리고 조용히) 잠깐 실례
　　　하겠어요.

랑　크 (그녀에게 길을 비켜 주지만, 앉은 채로) 노라…….

노　라 (현관으로 통하는 문 옆에서) 헬레네, 램프를 가져
　　　와. ……(난로 옆으로 간다) 아, 랑크 선생님, 어
　　　떻게 그런 말을.

랑　크 (일어선다) 내가 누군가와 마찬가지로 당신을 진
　　　정으로 사랑하고 있기 때문입니까? 그게 그렇게
　　　싫은가요?

노 라 아뇨, 하지만 그런 말씀은 하실 필요가 없는 데…….

랑 크 무슨 뜻인가요? 알고 있었습니까……?

헬레네 (램프를 갖고 들어온다. 그것을 테이블 위에 내려놓고 다시 나간다)

랑 크 노라, ……부인……, 알고 있었는지 묻고 있는 겁니다.

노 라 알고 있었는지, 어땠는지 저도 모르겠어요. 그런 건 말할 수 없어요……. 선생님은 왜 그런 말을 하시는 거죠? 모든 게 그렇게 잘되어 가고 있었는데.

랑 크 어쨌든 내가 몸과 마음을 부인에게 바치고 있다는 걸 아셨을 겁니다. 그러니까 말씀해 보세요.

노 라 (그의 얼굴을 바라보며) 이런 일이 있은 다음에?

랑 크 대체 무슨 일인지, 제발 말씀해 주세요.

노 라 이제 더 이상 할 이야기가 없어요.

랑 크 그렇게 나를 괴롭히지 말아요. 사람이 할 수 있는 일이라면, 무엇이든 상관없어요. 부인에게 도움이 되게 해 주세요.

노 라 이제 선생님의 도움을 받을 수 없어요. ……그리고 사실 누구의 도움도 받을 필요가 없어요. (흔들의자에 앉아 그를 바라보고 미소지으며) 아, 당신은 정말 좋은 분이에요, 랑크 선생님. 램프 불을 들여와 쑥스럽지 않으세요?

랑 크 아뇨, 그렇지 않아요. 하지만 나는 이제 나가는 게 좋을 것 같군요……영원히.

노 라 어머, 그러시면 안 돼요. 지금까지와 마찬가지로
우리 집에 와 주세요. 그이가 선생님 없이는 지
낼 수 없다는 걸 잘 아시잖아요.

랑 크 하지만 부인은?

노 라 아, 나는 언제나 선생님이 와 주시면 기분이 좋
아져요.

랑 크 아, 그거예요. 그래서 나는 엉뚱한 착각을 하고
말았군요. 부인은 나에게 하나의 수수께끼였어
요. 나에게는 이따금 당신이 헬머와 있는 것과
같은 정도로 나와 함께 있기를 좋아하는 것 같다
는 그런 느낌이 들었어요.

노 라 하지만 마음으로부터 사랑하는 사람이 있는가 하
면, 만나서 이야기하기를 좋아하는 사람이 있지
요.

랑 크 아, 분명히 그렇기도 하겠죠.

노 라 내가 친정에 있을 때는, 물론 아버지를 사랑하고
있었어요. 하지만 하녀 방에 몰래 들어가는 것도
무척 재미있어 했죠. 하녀들은 설교를 하지 않아
요. 그리고 언제나 재미있는 이야기를 하고 있거
든요.

랑 크 아, 그럼 나는 하녀들의 대역 노릇을 하고 있는
셈이군요.

노 라 (벌떡 일어서서 랑크에게로 간다) 어머, 선생님, 나
는 결코 그런 뜻으로 말한 게 아녜요. 하지만 아
실 거예요, 그이와 있는 건 아버지와 있는 것과
같다는 것을······.

헬레네 (현관에서 들어온다) 마님! (노라에게 무엇인가 속삭이고 명함을 건네 준다)

노 라 (명함을 흘긋 바라보고) 아! (명함을 주머니에 집어넣는다)

랑 크 무슨 언짢은 일입니까?

노 라 아녜요, 아녜요, 아무것도 아녜요. 다만,……. 새 옷이에요…….

랑 크 네? 옷은 거기 있잖아요?

노 라 아, 그거요…… 하지만 이건 다른 거예요……주문했어요…… 그이에게는 비밀이에요.

랑 크 아, 그럼 큰 비밀이란 그것이군요.

노 라 네, 그래요. …… 그이에게 가 보세요. 이쪽 일이 끝날 때까지 붙잡아 두고 계세요…….

랑 크 걱정하지 마세요. 빠져 나오지 못하게 할 테니까요. (헬머의 방으로 들어간다)

노 라 (헬레네에게) 부엌에서 기다리고 있나?

헬레네 네, 뒤쪽 계단으로 올라와서요…….

노 라 손님이 와 계시다고 말하지 않았어?

헬레네 그렇게 말했지만, 소용없어요.

노 라 어머, 왜 그럴까?

헬레네 마님을 만나 뵙기 전에는 돌아가지 않는다고 말하고 있어요.

노 라 그럼 이리로 들여보내. 살며시 말야. 헬레네, 이 일은 누구에게도 말하면 안 돼…… 주인이 아시면 놀랄 테니까.

헬레네 네, 네, 알고 있어요. (나간다)

노 라 아, 드디어 무서운 일이 닥쳐오는구나. 도저히
피할 수 없어. 아냐, 아냐, 그럴 리가 없어. 일
어날 리가 없어! (헬머의 방쪽으로 가서 문고리를
건다. 헬레네는 현관으로 통하는 문을 열고 크로구스
타를 들여보낸 후 문을 닫는다. 크로구스타는 여행용
털 외투에 장화. 털모자 차림이다)

제 8 장

노라, 크로구스타.

노 라 (크로구스타에게로 가서) 조용히 이야기해 주세
요……주인이 계시니까요.

크로구스타 뭐, 상관없어요.

노 라 어쩌라는 거예요, 나에게?

크로구스타 물어 보고 싶은 게 있어서요.

노 라 그럼 빨리 말씀하세요. 무슨 말인지.

크로구스타 알고 계시겠지만 해고 통지서를 받았어요.

노 라 내 힘으로는 막을 수 없었어요, 크로구스타 씨.
당신을 위해 끝까지 변호했지만 소용없었어요.

크로구스타 남편께선 부인을 그토록 사랑하지 않았나요?
내가 부인에게 어떤 보복을 할지 알고 있으면서,
그래도 남편은…….

노 라 그이가 모든 걸 알고 있다고 생각하나요?

크로구스타 아, 아뇨, 그렇게 생각하지는 않습니다. 그 선량한 헬머에게는 전혀 어울리지 않는 일이니까요, 그런 용기를 내는 건…….

노 라 크로구스타 씨, 남편에 대한 예의를 지켜 주세요.

크로구스타 네, 지킬 만큼의 예의는 지켜요. 그런데 부인, 그토록 전전 긍긍하며 사건을 숨기고 있는 걸 보니, 자신이 저지른 일이 어떤 일이었는지 지금은 어제보다 더 잘 알게 되신 것 같군요.

노 라 당신이 가르쳐 줄 필요가 없을 정도로 잘 알고 있어요.

크로구스타 아, 나는 시시한 변호사니까요…….

노 라 용건은 뭐죠?

크로구스타 단지 부인이 어떻게 하고 계시나 생각했어요. 나는 온종일 부인 생각을 하고 있었어요. 나 같은 돈놀이꾼, 엉터리 변호사……아무튼 나 같은 인간에게도 친절한 마음이 조금은 있으니까요.

노 라 그럼 그 마음을 보여 주세요……내 아이들 생각도 해 주세요.

크로구스타 부인이나 부인의 남편은 내 아이들 생각을 해 주셨습니까? 그러나 어떻든 좋아요. 다만 말씀드리고 싶은 건 이 문제를 그렇게 중대하게 생각하실 필요가 없다는 겁니다. 지금으로선 내가 이 일로 소송을 제기할 생각은 없으니까요.

노 라 아, 그래요……나는 그러실 줄 알고 있었어요.

크로구스타 모두 원만히 해결될 수 있습니다……남들
앞에 드러낼 필요가 없어요……단지 우리 세 사
람 사이의 문제니까요.

노 라 남편에게는 절대로 알리고 싶지 않아요.

크로구스타 어떻게 그걸 막을 수 있습니까? 부인이 잔금
을 치를 수 있습니까?

노 라 아뇨, 지금 당장은 갚을 수 없어요.

크로구스타 그럼 2,3일 사이에 돈을 마련할 길이 있습니
까?

노 라 무슨 방도가 있는 건 아니예요.

크로구스타 그런 짓을 해도 그다지 도움이 되지는 않을
겁니다. 부인이 아무리 많은 현금을 가져오셔도
차용 증서를 돌려 줄 수는 없으니까요.

노 라 그걸 어떻게 하실 건가요……말해 줘요!

크로구스타 보관하고 싶을 뿐입니다. ……내 손안에. 관
계없는 사람은 그런 건 몰라도 좋아요. 그러니까
만일 당신이 절망적인 기분으로 자포 자기할 결
심이라도 한다면…….

노 라 그럴 거예요.

크로구스타 혹시 가족을 버리고 가출이라도 할 생각이시
라면…….

노 라 그럴 거예요.

크로구스타 아니면 뭔가 더 엉뚱한 짓을…….

노 라 어떻게 아셨나요?

크로구스타 ……그런 짓은 하지 마세요.

노 라 어떻게 아시죠? 내가 그런 생각을 하는 걸…….

크로구스타 누구나 그렇게 생각해요, 처음에는 말입니
　　　　　　　다. 나도 그랬어요……그러나 용기가 없었기 때
　　　　　　　문에…….

노　라 (힘없는 목소리로) 나도 그래요.

크로구스타 (안도감을 느끼며) 그렇죠. 부인에게도 그런
　　　　　　　용기는 없죠?

노　라 그래요, 없어요.

크로구스타 그리고 그건 어리석은 짓이에요. 처음엔 집
　　　　　　　안에 풍파가 일지만 지나가면 그뿐이니까요…….
　　　　　　　그래서 부인의 남편에게 드릴 편지를 가지고 왔
　　　　　　　는데요…….

노　라 거기에 다 씌어 있군요?

크로구스타 되도록 부드럽게 썼습니다.

노　라 (말을 빨리 한다) 그 편지를 그이가 보면 큰일 나
　　　　　　　요. 찢어 버리세요. 돈은 어떻게든 마련할 테니
　　　　　　　까요.

크로구스타 죄송합니다만 부인, 방금 말씀드린 대로…….

노　라 당신한테서 빌린 돈 이야기를 하고 있는 게 아녜
　　　　　　　요. 남편에게 얼마를 요구할 작정인지 그 금액을
　　　　　　　말씀해 주세요. 내가 돈을 마련할 테니까요.

크로구스타 남편에게 돈을 요구하고 있지는 않아요.

노　라 그럼 어떻게 하라는 말씀이에요?

크로구스타 말씀드리죠. 나는 발판을 구축하고 싶어요.
　　　　　　　그러기 위해서 부인의 남편 원조가 필요한 겁니
　　　　　　　다. 지난 1년 반 동안 나는 성실하게 일해 왔어
　　　　　　　요……그 동안 나의 생활은 아주 고통스러웠지

만……나는 만족하고 있었습니다. 한 발 한 발 전진할 수 있었으니까요. 그러다가 이렇게 쫓겨나고 말았어요. 이렇게 되고 보니, 이제 나를 동정해서 다시 채용해 주는 것만으로는 견딜 수가 없어요. 나는 출세하고 싶은 겁니다. 알겠어요? 은행에 다시 들어가……이전보다 더 높은 자리에 앉고 싶은 겁니다……부인의 남편이 자리를 마련해 주셔야 합니다…….

노 라 그이는 결코 그렇게 하지 않을 거예요!

크로구스타 그렇게 할 겁니다……나는 그분의 성격을 알고 있어요. 거절할 만큼의 용기가 없어요. 일단 은행에서 그분과 함께 일하게 되면 부인, 두고 보세요! 1년이 되기 전에 나는 은행장의 오른팔이 될 테니까요. 그 은행을 지배하고 있는 사람은 헬머가 아니라 크로구스타라고 생각하게 될 테니까요.

노 라 그렇게 될 리가 없어요!

크로구스타 그럼 부인은……?

노 라 겨우 용기가 생겼어요.

크로구스타 아니, 위협해도 안 돼요. 부인같이 세상 물정에 어두운 분은…….

노 라 두고 보세요……두고 보시라구요!

크로구스타 얼음 밑으로 들어갈 겁니까? 차갑고 캄캄한 물 속으로 뛰어들 생각입니까? 그리고 봄이 되어 누군지 분간도 할 수 없을 정도로 흉하게 부풀어오르고 머리털도 다 빠져서 떠오르면…….

노 라 위협해도 소용없어요.

크로구스타 당신이야말로 위협해도 소용없어요. 그런 짓
을 할 사람이 어디 있어요, 부인. 그런 짓을 한
들 무슨 소용이 있겠어요? 그래도 나는, 이 차
용 증서로써 부인의 남편을 꽉 잡고 있으니까요.

노 라 내가 죽은 후에도……?

크로구스타 그렇게 되어도 부인의 사후 평판은 내 손에
달려 있다는 걸…… 잊지 마세요.

노 라 (말 없이 서서 그를 바라본다)

크로구스타 자아, 이제 아셨죠. 어리석은 짓은 하지 마
세요. 헬머가 이 편지를 받으면 어떻게 할지, 회
답을 기다리고 있겠어요. 내가 이런 방식으로 나
오게 만든 이는 부인의 남편이니까요, 이 점을
기억해 두세요. 용서할 수 없어요. 그럼 안녕히
계세요, 부인. (현관으로 나간다)

제 9 장

노라, 린데 부인

노 라 (현관으로 통하는 문 앞으로 가서 문을 약간 열고 귀를 기울인다) 나갔어. 편지는 우편함에 넣지 않고. 아냐, 아냐, 그럴 리가 없어! (문을 조금씩 더 연다) 아니! 아직 밖에 서 있군. 계단을 내려가지 않는데? 무슨 생각을 하는 걸까? 아니면……? (우편함에 편지가 떨어진다. 이윽고 계단을 내려가는 크로구스타의 발소리가 들리고 점차 멀어져 간다)

노 라 (억눌린 듯한 소리를 지르면서 방을 가로질러 소파 옆의 테이블 쪽으로 달려간다. 잠깐 사이) 우편함 속에! (두려워하면서 현관으로 통하는 문 앞으로 살며시 다가간다) 아, 저기에 들어 있어……여보, ……우린 이제 끝장이에요.

린데 부인 (왼쪽 방에서 의상을 손에 들고 나타난다) 자, 이제 옷을 다 고쳤어. 입어 보겠어?

노 라 (쉰 목소리로 조용히) 크리스티네, 이리로 와요.

린데 부인 (소파 위에 의상을 던지며) 무슨 일이 있었어? 몹시 허둥대고 있는 것 같은데.

노 라 이리로 와 봐. 저 편지가 보이지? 저기……우편함 유리 너머로.

린데 부인 응, 보여.

노　라　저게 크로구스타의 편지야…….

린데 부인　노라, 크로구스타로군, 너에게 돈을 빌려 준 사람은?

노　라　그래. 이제 그이가 다 알게 돼.

린데 부인　노라, 그게 오히려 두 사람에게는 가장 좋은 일이야.

노　라　아직 크리스티네가 모르는 일이 있어. 나는 허위 서명을 했어.

린데 부인　어머, 뭐라고……?

노　라　내 이야기를 들어 봐, 크리스티네. 그러면 네가 증인이 되어 줄 수 있어.

린데 부인　증인이라니, 무슨 증인? 어떻게 하라는 거야?

노　라　만일 내가 미쳐 버리면……그렇게 될지도 몰라…….

린데 부인　노라!

노　라　그렇지 않으면, 어떤 다른 일이 일어나……내가 여기 있을 수 없게 되거든…….

린데 부인　노라, 노라, 정말 이상하군?

노　라　그리고 만일 누가 모든 죄를 내게 떠맡기려거든 제발…….

린데 부인　그래, 그래……하지만 왜 그런 생각을……?

노　라　넌 증인이 되어 줘. 거짓말이라고 말해 줘, 크리스티네. 나는 조금도 이상하지 않아. 아직은 맑은 정신으로 이야기하는 거야. 너에게 말해 두겠는데, 그 일은 아무도 알지 못해. 나 혼자서 한 일이라구. 잊어버리지 마.

린데 부인 그래, 기억하고 있을게. 하지만 그게 무슨 일
인지 전혀 알 수가 없군.

노 라 알 리가 없잖아? 기적이 일어나려 하고 있는 걸.

린데 부인 기적?

노 라 응, 기적이야. 하지만 아주 무서운 일이야, 크리
스티네. 일어나서는 안 되는 거야, 어떤 일이 있
어도.

린데 부인 내가 지금 곧 나가서 크로구스타에게 이야기
하고 오겠어.

노 라 가면 안 돼. ……무슨 일을 당할지 몰라.

린데 부인 나를 위해서라면, 그 사람은 무슨 일이든 하
려고 했던 때도 있었어.

노 라 그 사람이?

린데 부인 어디에 살고 있지?

노 라 어머, 어떻게 내가……? 그렇군 (주머니 속을 뒤
적이며) 그 사람의 명함이 있어. 하지만 편지,
편지는……?

제 10 장

헬머, 노라, 린데 부인.

헬 머 (자기 방에서 문을 두드리며) 노라!

노 라 (깜짝 놀라 외친다) 어머! 네? 무슨 일이세요?

헬 머 아니, 그렇게 놀라지 말아요. 들어가지는 않을 거야……문을 잠갔군……옷을 입어 보고 있는 중인가?

노 라 네, 입어 보고 있는 중이에요. 썩 잘 어울려요.

린데 부인 (명함을 이미 읽어 보고) 바로 이 근처에 살고 있군.

노 라 그래. 하지만 소용없어. 우린 이제 끝장이야. 편지가 저 우편함에 들어 있는 걸.

린데 부인 열쇠는 남편이 갖고 계셔?

노 라 응, 언제나.

린데 부인 크로구스타에게 편지를 되찾아가도록 만드는 거야. 읽기 전에 어떤 구실을 붙여서…….

노 라 하지만 꼭 이 시간에, 그이는 언제나…….

린데 부인 지연시키는 거야……남편 방으로 가서 시간을 끌어 봐. 되도록 빨리 다녀올 테니. (현관을 통해 급히 나간다)

노 라 (헬머의 방으로 다가가 문을 열고 들여다본다) 여보!

제 11 장

노라, 헬머, 랑크, 린데 부인, 헬레네.

헬 머 (뒷방에서) 아, 이제 겨우 우리 집 거실로 들어갈
수 있나? 랑크, 구경하러 가 보자구……. (문 앞
에서) 아니, 이게 뭐야?

노 라 왜 그래요, 당신?

헬 머 랑크 이야기를 듣고 기대하고 있었는데, 멋있는
당신 모습을.

랑 크 (문 앞에서) 나도 그렇게 생각했는데 잘못 알고
있었나요?

노 라 내일 밤까지는, 누구에게도 제 멋진 모습을 보여
드릴 수 없어요.

헬 머 그런데, 노라, 무척 피곤해 보이는데. 너무 무리
하게 연습한 모양이지?

노 라 아녜요, 아직 전혀 연습하지 않았어요.

헬 머 연습은 해 둬야지, 그러나…….

노 라 네, 해야죠. 하지만 당신이 도와 줘야 해요……
거의 다 잊어버렸어요.

헬 머 아냐, 금방 생각날 거야.

노 라 네, 도와 줘요. 약속해 줘요. 정말 걱정이에요!
많은 사람들 앞에서……. 오늘 밤에는 아무 일도
하지 말고 나만 도와 주셔야 해요. 아무 일도 하
지 말고 펜도 잡지 말기로 해요. 그렇게 할 거

죠, 네?

헬 머 좋아…… 오늘 밤에는, 당신에게 다 서비스하겠
어…… 어쩔 줄 모르는 우리 귀염둥이. ……아,
그렇군. 그 전에……(현관으로 통한 문으로 간다)

노 라 그리로 가서 뭘 하시게요?

헬 머 편지가 와 있을지도 몰라. 보고 오겠어.

노 라 안 돼요, 안 돼. 가지 마세요!

헬 머 왜 그래?

노 라 가지 마세요. ……아무것도 와 있지 않아요.

헬 머 글쎄. (가려고 한다)

노 라 (피아노 앞으로 가서 갑자기 타란텔라 곡을 친다)

헬 머 (문 앞에 멈춰 서서) 아!

노 라 당신과 함께 연습하지 않으면 나는 내일 춤을 출
수 없어요.

헬 머 (그녀에게 다가가서) 정말 그렇게 걱정이 되는 거
야, 노라?

노 라 무척 걱정이 돼요. 지금 연습시켜 줘요. 식사할
때까지는 아직 시간이 있어요. 자아, 여기 앉아
서 피아노를 쳐 줘요. 그리고 틀리면 고쳐 줘요.
언제나처럼 지도해 줘요.

헬 머 좋아, 당신이 그렇게 말하니, 기꺼이……. (피아
노 앞에 앉는다)

노 라 (상자 속에서 탬버린을 꺼내고 화려한 색깔의 숄도
동시에 꺼내어 재빨리 어깨에 걸친다. 그리고 무대의
전면으로 펄쩍 뛰어나와 외친다) 자아, 피아노를
쳐 줘요! 춤을 추겠어요! (헬머는 피아노를 치고

　　　　노라는 춤을 춘다. 랑크는 피아노의 옆인 헬머의 뒤
　　　　에 서서 가만히 바라보고 있다)

헬 머　(피아노를 치면서) 더 천천히……더 천천히.

노 라　그렇게는 안 돼요.

헬 머　그렇게 거칠게 해서는 안 돼, 노라!

노 라　이렇게 하면 돼요.

헬 머　(피아노를 치다가 멈추고) 안 돼, 그러면 안 된다
　　　　구.

노 라　(웃으며 탬버린을 흔든다) 그러기에 그렇게 말했잖
　　　　아요?

랑 크　내가 피아노를 치겠어.

헬 머　(일어선다) 부탁해. 그러면 더 잘 가르쳐 줄 수
　　　　있어. (랑크는 피아노를 친다. 노라는 더욱더 거칠게
　　　　춤을 춘다. 헬머는 난로 옆에 서서 그녀가 춤을 추는
　　　　동안 계속 지시를 하고 있다. 그녀에게는 지시하는
　　　　말이 들리지 않는 것 같다. 머리카락이 풀어져 어깨
　　　　위로 늘어지지만 개의치 않고 계속 춤을 춘다. 린데
　　　　부인이 들어온다)

린데 부인　(망연히 문 앞에 멈춰 서서) 어머나……!

노 라　(춤을 추면서) 아주 유쾌해, 크리스티네.

헬 머　하지만 노라, 당신은 필사적으로 춤을 추는 것
　　　　같군.

노 라　그래요, 필사적이에요.

헬 머　랑크, 그만 해! 이건 정말 미치광이 짓이야. 그
　　　　만 하라구. (랑크가 피아노 치는 일을 그만두자 노
　　　　라도 갑자기 멈춰 선다)

헬 머 (노라에게로 가서) 이런 줄은 몰랐어. 가르쳐 준 걸 모두 잊어버렸군.

노 라 (탬버린을 내던진다) 거, 보세요.

헬 머 아니, 이렇게 되면 정말 더 가르쳐 줘야겠어.

노 라 그래요, 아셨죠? 끝까지 잘 가르쳐 주셔야 해요. 약속하시죠, 당신?

헬 머 좋아, 그럽시다.

노 라 오늘도 내일도, 내 생각만 해야 해요. 편지 같은 거 뜯어 볼 생각 마시고……우편함도 열지 마세요…….

헬 머 아! 아직도 그를 두려워하고 있군…….

노 라 네, 그래요…….

헬 머 노라, 당신 얼굴에 씌어 있어, 그 녀석의 편지가 이미 와 있다고.

노 라 나는 몰라요……그럴 테죠……하지만 지금 그런 건 읽으면 안 돼요. 모든 일이 끝나 버릴 때까지 우리들 사이에 언짢은 일이 일어나선 안 돼요.

랑 크 (작은 목소리로 헬머에게) 부인 말대로 하라구.

헬 머 (그녀를 껴안고) 우리 아기가 원하는 대로 해 주지. 하지만 내일 저녁에 당신이 춤을 춘 다음에는…….

노 라 그때는 당신의 자유예요.

헬레네 (오른쪽 문 앞에서) 마님, 식사 준비가 되었어요.

노 라 샴페인을 내도록 해, 헬레네.

헬레네 그러죠. (나간다)

헬 머 아니……마치 연회를 여는 것 같군?

노 라 내일 아침까지 샴페인 파티를 여는 거예요. (문 밖을 향해 외친다) 그리고 마카롱도 약간, 헬레네, 아니 듬뿍……이게 마지막이니까.

헬 머 (노라의 양손을 잡고) 아, 그렇게 마구 흥분하지 말고 평소처럼 귀여운 종달새가 되는 거야.

노 라 네, 그래요. 그렇게 될 거예요. 식당으로 가세요……랑크 선생님, 당신도. 그리고 크리스티네, 흐트러진 내 머리카락 좀 만지게 도와 줘.

랑 크 (걸어가면서 낮은 목소리로) 아무 일도 없나? …… 뭔가 절박한 일이라도 있는 게 아냐?

헬 머 아무 일도 없어, 랑크. 내가 이야기하던 그 어린애 같은 두려움뿐이야. (헬머, 랑크 오른쪽으로 퇴장)

노 라 어떻게 됐어?

린데 부인 시골로 여행을 떠났대.

노 라 크리스티네 얼굴 보고 금방 알았어.

린데 부인 내일 밤에 돌아온대. 쪽지에 몇 마디 적어 두고 왔어.

노 라 그럴 필요가 없었는데. 저지할 필요가 없어. 사실은 즐거운 걸, 이렇게 기적이 일어나기를 기다리고 있는 게…….

린데 부인 뭘 기다리고 있다고?

노 라 크리스티네는 알 리가 없어. 자, 식당으로 가 봐. ……나도 곧 갈게. (린데 부인은 식당으로 들어간다)

제 12 장

노라, 헬머.

노 라 (잠시 가만히 서 있다. 마음을 가라앉히려는 듯하다. 이윽고 시계를 들여다본다) 다섯 시야. 자정까지 일곱 시간이 남았어. 그리고 내일 자정까지는 스물네 시간. 그때는 타란텔라 춤이 끝나 버리겠지. 스물넷 더하기 일곱이라? 서른한 시간 동안의 목숨이군.

헬 머 (오른쪽 문 앞에서) 대체 우리 귀여운 종달새는 어디 있나?

노 라 (양팔을 벌리고 그에게 달려간다) 종달새는 여기 있어요!

제 3 막

둥근 테이블과 주위의 의자들은 거실 중앙으로 옮겨져 있다. 테이블 위에 놓인 램프에 불이 켜져 있다. 현관으로 통하는 문은 열려져 있다. 위층에서 댄스 음악이 들려 오고 있다.

제 1 장

린데 부인, 크로구스타.

린데 부인이 테이블 옆에 앉아 건성으로 책장을 넘기고 있다. 책을 읽으려 하지만 정신을 집중시킬 수 없는 모양이다. 두세 번 긴장하여 계단의 문 쪽으로 귀를 기울인다.

린데 부인　(자신의 시계를 들여다본다) 아직 안 오는군.

별로 시간이 없는데. 만일 안 오면……(또 귀를 기울인다) 아, 그 사람이야. (현관으로 나가 살며시 바깥 문을 연다. 계단을 올라오는 나지막한 발소리가 들린다. 린데 부인이 속삭인다) 들어오세요. 아무도 없어요.

크로구스타 (문 앞에 서서) 적어 두고 가신 쪽지를 보았습니다. 대체 무슨 일이죠?

린데 부인 꼭 이야기해야 할 일이 있어요.

크로구스타 정말입니까? 그것도 여기서, 이 집에서 이야기해야 합니까?

린데 부인 우리 집에서는 안 돼요……남의 눈에 띄지 않는 입구가 없으니까요. 어서 들어오세요…… 아무도 없어요……하녀는 잠들어 있고, 헬머 부부는 위층에서 열리고 있는 무도회에 갔어요.

크로구스타 (방안으로 들어온다) 아, 헬머 부부는 오늘 밤 댄스를 하고 있습니까, 정말로?

린데 부인 네. 해서는 안 될 이유라도 있나요?

크로구스타 아니, 실컷 춤추라고 해요!

린데 부인 그럼, 크로구스타 씨, 함께 이야기나 해요.

크로구스타 우리 두 사람 사이에 아직도 뭔가 이야기할 게 있습니까?

린데 부인 많이 있어요.

크로구스타 나는 그렇게 생각하지 않는데요.

린데 부인 그건 나를 한 번도 제대로 이해한 적이 없기 때문이에요.

크로구스타 이해할 일이 또 있었습니까? 정말 단순한 얘

기가 아닙니까? 어느 무정한 여인이 더 근사한
상대가 나타나서 전 남자를 버린다는 건…….

린데 부인 나를 그런 무정한 여자라고 생각하세요? 손쉽
게 헤어질 수 있었다고 생각하세요?

크로구스타 그렇지 않았나요?

린데 부인 정말 그렇게 생각하세요?

크로구스타 그렇지 않다면, 왜 그때 그런 편지를 적어
보냈어요?

린데 부인 달리 방법이 없었어요. 헤어져야 할 바엔 나
에 대한 당신의 느낌을 완전히 제거해 버리는 것
도 내 의무니까요.

크로구스타 (양손을 꼭 쥐고) 그래요! 그것도 모두……단
지 돈 때문에!

린데 부인 잊지 마세요. 내게는 돌봐야 할 어머님과 어
린 두 동생들이 있었다는 걸 말예요. 당신에게
기대할 수는 없었어요. 당신에게는 곧 형편이 좋
아질 기미가 보이지 않았거든요. 그 무렵에는.

크로구스타 그럴지도 몰라요. 하지만 다른 남자 때문에
나를 버릴 권리는 당신에게 없었던 거요.

린데 부인 글쎄요. 나 스스로도 그런 권리가 내게 있는
지 몇 번이나 자문해 봤어요.

크로구스타 (더 낮은 목소리로) 내가 당신을 잃었을 때
마치 발 밑의 대지가 무너져 버린 듯한 느낌이었
어요. 보세요. 지금의 나는 난파한 배의 잔해에
달라붙어 있는 사나이에요.

린데 부인 구원의 손길이 곧 다가올 거예요.

크로구스타 그랬지요. 그런데 당신이 나타나 방해한 겁
니다.

린데 부인 몰랐어요. 내가 은행의 당신 자리를 차지하게
된다는 말은 오늘 처음 들었어요.

크로구스타 당신이 그렇게 말하니 믿겠습니다. 하지만
그런 줄 알았기 때문에 당신이 물러나기라도 하
겠다는 말입니까?

린데 부인 아뇨. ……그렇게 해도 털끝만큼도 당신에게
도움이 되지 않아요.

크로구스타 아, 도움이라, 도움……. 나 같으면 어쨌든
그렇게 하겠는데요.

린데 부인 나는 신중히 일하는 걸 배웠어요. 인생의 괴
로운 경험이 그걸 가르쳐 줬어요.

크로구스타 그런데 인생이 나에게 가르쳐 준 건 남의 말
을 신용하지 마라는 것이었어요.

린데 부인 그럼 인생이 아주 현명한 걸 당신에게 가르쳐
준 거예요. 하지만 사실은 틀림없이 당신도 믿으
시겠죠?

크로구스타 무슨 의미죠?

린데 부인 당신은 난파하여 배의 잔해에 달라붙어 있는
거나 마찬가지라고 하셨죠?

크로구스타 그렇게 말할 수 있는 이유가 충분히 있으니
까요.

린데 부인 나 역시 난파하여 배의 잔해에 달라붙어 있는
여자나 마찬가지예요. 슬퍼해 줄 사람이나 돌봐
줄 사람도 없어요.

크로구스타 자업 자득이오.

린데 부인 그때는 달리 방법이 없었어요.

크로구스타 그래서요? 대체 어쩌라는 말입니까?

린데 부인 만일 지금 난파한 우리 두 사람이 서로 협력할 수 있다면⋯⋯.

크로구스타 무슨 말을 하는 겁니까?

린데 부인 둘이서 같은 잔해에 달라붙어 있는 편이 각기 떨어져 있는 것보다 낫지 않을까요?

크로구스타 크리스티네!

린데 부인 대체 내가 뭣 때문에 이 도시로 나왔다고 생각하세요?

크로구스타 설마 내 생각을 해서 온 건 아닐 테죠.

린데 부인 나는 일하지 않고는 살아갈 수 없었어요. 생각해 보면, 지금까지 계속해서 일해 왔어요. 그것이 유일한 기쁨이었어요. 하지만 지금은 완전한 외톨이여서 그 허전함과 쓸쓸함을 도저히 견딜 수 없어요. 나 자신을 위해서만 일하니 즐겁지가 않아요. 누군가를 위해 내가 일할 수 있게 해 주세요!

크로구스타 믿을 수 없군요. 자기를 희생시키겠다는 건 여자의 히스테리에 지나지 않아요.

린데 부인 히스테리라니요, 내가 그랬던 적이 있었나요?

크로구스타 그럼 진심으로 당신은 그런 말을 하는 겁니까? ⋯⋯나의 과거를 다 알고 있습니까?

린데 부인 네.

크로구스타 내가 이 도시에서 어떤 사람으로 평가되고 있는지, 그것도 알고 있습니까?

린데 부인 아까 당신은, 만일 당신이 나와 결합했다면,
전혀 다른 사람이 되어 있었으리라고 ……그렇
게 확신하고 있는 것처럼 말하셨죠.

크로구스타 틀림없이 그랬을 거요.

린데 부인 지금부터는 늦은 건가요?

크로구스타 크리스티네, 당신은 잘 생각한 겁니까? 아,
그런 것 같군. 얼굴을 보면 알 수 있어요. 그럼
정말로 그럴 용기가……?

린데 부인 나에게는 어머니가 되어 줄 수 있는 아이들이
필요하고, 당신의 아이들에게는 어머니가 필요해
요. 우린 서로가 필요한 거예요. 나는 당신의 좋
은 점을 알고 있어요. 당신과 함께 있다면 무슨
일이 있어도 두렵지 않아요.

크로구스타 (부인의 손을 잡으며) 고마워요, 고마워, 크리
스티네……이렇게 되면 세상 사람들은 곧 나를
재평가하게 되겠죠……아, 그렇군, 잊고 있었
군…….

린데 부인 (귀를 기울이며) 쉿! 들어 보세요, 저 타란텔
라 춤 소리! 나가세요, 나가세요!

크로구스타 왜요? 무슨 일이에요?

린데 부인 위층에서 춤추는 소리가 들리죠? 저 춤이 끝
나면 두 사람이 돌아와요.

크로구스타 아, 그럼 가겠어요. 이제는 어쩔 수가 없어
요. 헬머 부부에 대해 내가 어떤 수단을 썼는지
당신은 물론 모를 거요.

린데 부인 아뇨, 알고 있어요.

크로구스타 알고 있어요? 그래도 나를 따라올 용기 가……?

린데 부인 당신 같은 사람이 절망에 빠지면 어떻게 될지 잘 알고 있어요.

크로구스타 아아, 정말 그걸 없었던 일로 할 수 있다면 좋으련만!

린데 부인 할 수 있어요. 당신의 편지는 아직 우편함 속에 있어요.

크로구스타 정말이오?

린데 부인 네, 하지만…….

크로구스타 (살피듯이, 린데 부인을 가만히 바라본다) 그렇 군, 어떤 짓을 해서라도 친구를 구해 주려는 거 요. 정직하게 말해요. 그렇죠?

린데 부인 남을 위해 한 번 몸을 판 사람은 두 번 다시 그런 짓을 하지 않아요.

크로구스타 나는 그 편지를 되돌려 받아야겠습니다.

린데 부인 아뇨, 안 돼요.

크로구스타 아니, 그러겠어요. 헬머가 내려올 때까지 여 기서 기다리고 있다가 그 편지를 돌려 달라고 부 탁하겠습니다……나의 해고에 관한 것뿐이니 까……읽을 필요가 없다고 말하지요…….

린데 부인 아뇨, 편지를 돌려 받을 필요는 없어요.

크로구스타 하지만 나를 이리로 불러낸 건 그 때문이 아 닙니까?

린데 부인 네, 처음에는 깜짝 놀랐으니까요……하지만 그때부터 꼬박 하루가 지났고, 그 동안 믿을 수 없는 일이 이 집에서 일어나고 있는 걸 알게 되었어요. 헬머가 모든 걸 알아야 해요. 그런 꺼림칙한 비밀은 드러나야 해요. 그 두 사람은 서로 털어놓고 이야기할 필요가 있어요. 그런 거짓이나 속임수가 언제까지나 계속될 수는 없어요.

크로구스타 좋아요. 그럼 그렇게 합시다. ……당신이 그렇게까지 할 생각이라면……다만 한 가지만은 할 수 있는 일이 있으니까, 곧 그렇게 하겠습니다…….

린데 부인 (귀를 기울이며) 자아, 빨리! ……나가세요! 나가세요! 춤이 끝났어요……이젠 이러고 있을 수가 없어요.

크로구스타 밑에서 당신을 기다리고 있겠소.

린데 부인 네, 집까지 바래다 줘요.

크로구스타 정말 믿어지지 않는군. 이렇게 행복한 느낌은 처음이요. (현관 문을 통해 나간다. 방과 현관 사이의 문은 열려져 있다)

제 2 장

린데 부인, 헬머, 노라.

린데 부인 (방을 약간 치우고 자기의 외투와 모자를 챙겨 놓
는다) 정말 대단한 변화야! 그를 위해 일할 수
있고, 살아갈 보람이 생겼어. 마음만 먹으면 행
복하게 꾸릴 수 있는 가정이야, 열심히 노력할
거야……. 빨리 내려와 주면 좋겠는데……(귀를
기울인다) 아, 이제 오는군. 나갈 준비를 해야지.
(모자와 외투를 집어 든다)

    헬머와 노라의 목소리가 밖에서 들려온다. 열쇠로
자물쇠를 따는 소리가 나고, 이어 헬머가 거의 강제
로 노라를 현관 홀로 끌어들인다. 그녀는 이탈리아
의상을 입고 검은색의 커다란 숄을 어깨에 두르고 있
다. 헬머는 야회복을 입고 그 위에 검은색의 도미노
를 걸치고 있다.

노　라 (아직도 문 앞에서 저항하면서) 싫어, 싫어요 ……
안 들어가겠어요. 위로 다시 올라갈래요. 이렇게
빨리 그만두고 싶지는 않아요.
헬　머 하지만, 이봐요, 노라…….
노　라 제발……정말 부탁이에요…… 1시간만 더!
헬　머 1분도 더는 안 돼, 노라. 약속했잖아. 자아, 방

으로 들어가……이런 데 서 있으면 감기 걸려
요. (그녀가 싫어하지만 부드럽게 방안으로 데리고
온다)

린데 부인 안녕하세요.

노 라 크리스티네!

헬 머 아니, 린데 부인, 이렇게 늦게 웬일이세요?

린데 부인 네, 죄송합니다……노라가 의상을 차려 입은
모습이 보고 싶어서요.

노 라 여기서 나를 기다리고 있었어?

린데 부인 응, 좀 늦게 왔더니……노라는 이미 위로 올
라가 버렸더군. ……널 만나지 않고 돌아가기가
싫어서…….

헬 머 (노라의 숄을 걷는다) 그럼 잘 보세요. 볼 만한 가
치는 있다고 생각합니다. 귀엽죠, 린데 부인?

린데 부인 네, 정말…….

헬 머 굉장히 귀엽죠? 파티에서도 모두들 그러더군요.
그런데 이 귀염둥이는 지독한 고집쟁이에요. 어
떻게 하면 좋죠? 거의 강제로 끌고 왔답니다.

노 라 아, 당신은 이제 후회하실 거예요. 30분만이라도
더 있게 해 줬더라면 좋았을 걸 하고 말예요.

헬 머 이렇다니까요, 린데 부인. 노라는 타란텔라 춤을
추고, 굉장한 박수 갈채를 받았어요……그만한
가치는 있었어요……춤추는 방식이 사실적이었
는지는 모르지만요……엄밀히 말하면 예술이 요
구하는 이상으로 사실적이었어요. 아무튼 중요한
건 대성공을 거두었다는 점이에요. 그런데 그대

제 3 막 117

로 더 둘 수가 있습니까? 효과를 약화시킬 텐데
요? 그럴 수는 없어요. 그래서 나는 이 귀여운
카프리 아가씨를…… 말하자면 귀여운 변덕쟁이
인 카프리 아가씨를…… 끌고는, 급히 홀을 한
바퀴 돌며 사방에 인사를 하고…… 소설에 씌어
있잖아요…… '아름다운 환영은 사라졌노라' 라는
식으로 말입니다. 마지막 장면은 언제나 효과적
이어야 하거든요, 린데 부인…… 그런데 노라에
게 아무리 말해도 그걸 알아듣지 못해요. 후우,
이 방은 덥군! (의자 위에 도미노를 벗어 던지고 자
기 방의 문을 연다) 아니, 왜 이렇게 어둡지? 그럴
테지. 잠깐 실례해요……(자기 방에 들어가 촛불을
켠다)

노 라 (재빨리, 숨을 죽이고 속삭인다) 그래, 어떻게 됐
어?

린데 부인 (작은 목소리로) 그 사람과 이야기했어.

노 라 그래서……?

린데 부인 노라, 주인에게 다 털어놓고 이야기해야 해.

노 라 (힘없이) 역시 그렇군.

린데 부인 크로구스타 일은 걱정하지 않아도 돼. 하지만
이야기는 해야 해.

노 라 이야기하지 않을 거야.

린데 부인 그럼, 편지가 이야기해 줄 거야.

노 라 고마워, 크리스티네. 어떻게 하면 좋을지, 이제
알았어. 쉿……!

헬 머 (다시 들어와서) 어때요, 린데 부인. 아름다운 모

118

습을 실컷 구경하셨습니까?

린데 부인 네……그럼 나는 가 봐야겠어요.

헬 머 아니, 벌써요? 이건 부인 겁니까, 이 뜨개질 감은?

린데 부인 (그것을 집어 들고) 아, 고마워요……하마터면 잊을 뻔했어요.

헬 머 부인도 뜨개질을 하십니까?

린데 부인 네.

헬 머 그보다는 수를 놓는 게 더 좋은데요.

린데 부인 그런가요? 왜죠?

헬 머 그야, 수를 놓는 게 훨씬 예뻐 보이니까요. 보세요……왼손에 이렇게 수감을 들고 오른손으로 바늘을 놀리죠……이렇게…… 완만하고 기다란 커브를 그리면서 말예요……안 그래요……?

린데 부인 네, 그럴지도 모르겠군요…….

헬 머 그런데 뜨개질 쪽은……아무래도 보기 흉해요……보세요. 양팔을 겨드랑이에 갖다 대고…… 바늘이 위로 갔다 아래로 갔다 하고……마치 중국인 같지 않습니까?…… 그런데 오늘밤 샴페인은 정말 근사했어.

린데 부인 그럼 안녕히 주무세요. 노라, 더 이상 고집을 부리면 안 돼.

헬 머 맞아요, 린데 부인!

린데 부인 안녕히 주무세요, 은행장님.

헬 머 (문 앞까지 그녀를 배웅하고) 조심해서 가십시오. 바래다 드렸으면 좋겠는데……하지만 그다지 멀지 않으니까. 안녕히 가세요, 안녕히.
(린데 부인이 나가자 문을 닫고 되돌아온다)

제 3 장

헬머, 노라.

헬 머 아, 겨우 몰아냈군. 무척 따분한 여자야.

노 라 몹시 피로하시죠, 당신?

헬 머 아니, 조금도.

노 라 졸리지도 않으세요?

헬 머 졸리기는커녕 아주 긴장이 되는데. 그런데 당신
은 어때? 몹시 피곤하고 졸리운 것 같은데.

노 라 네, 무척 피곤해요. 곧 자고 싶어요.

헬 머 거 봐! 더 있지 말자고 했잖아.

노 라 아아, 당신이 하시는 일은 무엇이든 옳아요.

헬 머 (노라의 이마에 키스를 하고) 이제 우리 종달새도
겨우 이치에 맞는 말을 하는군. 그런데 당신 알
아챘어? 랑크가 오늘 저녁에 무척 즐거워하고 있
었던 걸?

노 라 어머, 그래요? 그분과는 이야기할 기회가 없었어
요.

헬 머 나도 별로 없었어. ……하지만 그가 그렇게 기
분 좋아하는 모습을 본 건 오랜만이었어. (잠시

그녀를 바라보고 옆으로 다가가서) 흠, 집에 돌아와 이렇게 당신과 단 둘이 있는 것도 정말 좋군……아아, 당신은 정말 매력적이고 사랑스러운 여자야!

노 라 그렇게 바라보지 말아요!

헬 머 보면 안 되나, 나의 가장 소중한 보물을? 나만이, 어디까지나 나 혼자만이 가질 수 있는 이 사랑스러운 보물을?

노 라 (테이블 맞은편으로 돌아가서) 오늘 저녁에는 그런 식으로 말하지 마세요.

헬 머 (그녀를 따라가서) 당신의 핏속에서 아직 타란텔라가 춤을 추고 있군. 표정을 보면 알 수 있어. 그래서 더욱더 매혹적으로 보이는군. 아! 손님들이 돌아가기 시작하는군. (작은 목소리로) 노라……곧 집안이 조용해질 거야.

노 라 네, 조용해졌으면 좋겠어요.

헬 머 그렇겠지, 귀여운 노라. ……당신과 함께 파티에 나가면 내가 왜 당신과 잘 이야기하지 않는지 알고 있어? 왜 언제나 당신과 멀리 떨어져 있으면서, 이따금 당신을 훔쳐 보듯이 바라보고 있는지……내가 왜 그러는지 알고 있어? 그건 당신이 나의 비밀스런 연인이고 젊은 약혼자이며 우리 두 사람 사이를 아무도 알아채지 못한다는 공상을 하고 있기 때문이야.

노 라 그래요, 그래요 ……당신은 언제나 내 생각만 하고 있다는 걸 알고 있어요.

헬 머 그리고 돌아올 때가 되어 나는 당신의 그 매끄럽고 탄력적인 어깨에……그 예쁘고 부드러운 어깨에 숄을 걸쳐 주지……그때 나는 이렇게 상상하는 거야. 당신이 나의 신부이고 우리는 결혼식장에서 나와 당신을 처음으로 우리 집에 데리고 가는 거야……나는 처음으로 당신과 단 둘이 있게 되고, 당신은 젊고 더할 나위 없이 아름다워! 나는 오늘 저녁 내내 당신만을 열망하고 있었어. 당신이 격렬히 몸을 흔들며 타란텔라 춤을 추고 있는 걸 보았을 때는……피가 끓어올랐어. 나는 참을 수 없었어……그래서 당신을 이렇게 일찍 데리고 온 거야…….

노 라 저리로 가요! 혼자 있게 해 줘요. 난 그런 건 싫어요.

헬 머 무슨 소리를 하는 거야? 나를 조롱하고 있나, 노라. 싫다니? 나는 당신의 남편인데……? (현관 문을 노크하는 소리가 들린다)

노 라 (흠칫 놀라며) 지금 노크 소리가……?

헬 머 (현관 쪽으로 가면서) 누구요?

제 4 장

헬머, 노라, 랑크.

랑 크 (밖에서) 나야. 잠깐 들어가도 되겠나?

헬 머 (작은 목소리로, 언짢은 듯이) 이렇게 늦게 웬일이
야? (큰소리로) 잠깐 기다려. (나가서 문을 연다)
아, 우리 집 앞을 그냥 지나치지 않고 들러 주었
군.

랑 크 자네 목소리가 들려서 잠깐 들러 보고 싶었네.
(주위를 흘긋 둘러보고) 아아, 정말 그립고 정든
방이야. 두 사람은 정말 즐겁고 쾌적하게 지내고
있군.

헬 머 자네도 위층에서는 유쾌하게 즐겼잖은가.

랑 크 무척 즐거웠어. 아니, 실컷 즐겨야 해? 이 세상
의 모든 걸 손에 넣어야 하네. 되도록 많이, 오
늘 밤 와인은 정말 좋았어…….

헬 머 샴페인이 특히 좋았어.

랑 크 자네도 그렇게 느꼈나? 얼마나 많이 마셨는지,
믿어지지 않을 정도야.

노 라 당신도 오늘 저녁에는 샴페인을 무척 많이 마셨
어요.

랑 크 그래요?

노 라 네, 그렇게 마시고 나면 언제나 이이는 이렇게
쾌활해져요.

랑 크 아, 보람 있는 하루였으니 즐거운 하룻밤을 보내
야죠.

헬 머 보람이 있다구? ……유감스럽지만 나는 그렇게
말할 수 없군.

랑 크 (헬머의 어깨를 두드리며) 하지만 나는 있네!

노 라 랑크 선생님은 오늘 정밀 검사를 하셨죠, 안 그
래요?

랑 크 맞아요.

헬 머 아니, ……귀여운 노라가 정밀 검사라는 말을
다 하는군!

노 라 그 결과에 축하한다는 말씀을 드려도 좋은가요?

랑 크 좋습니다.

노 라 결과가 좋았군요?

랑 크 의사에게나, 환자에게나 더 이상 바랄 수 없
는…… 확실성!

노 라 (재빨리, 탐색하듯이) 확실성?

랑 크 절대적인 확실성이에요. 이런 결과가 나온 만큼
오늘 밤을 즐겁게 지내도 되겠죠?

노 라 네, 맞는 말씀이에요, 랑크 선생님.

헬 머 나도 찬성이야……다만 내일 녹초가 되지 않는
다면.

랑 크 세상엔 거저 손에 들어오는 건 없어.

노 라 랑크 선생님은 가장 무도회를 무척 좋아하시나
보죠?

랑 크 네, 여러 가지 색다른 가면이 등장하니까요…….

노 라 이 다음 가장 무도회에는, 선생님과 나는 무엇이

되면 좋을까요?

헬 머 꽤 성급한 사람이군……벌써 다음 가장 무도회를 생각하고 있나?

랑 크 부인과 나요? 말하죠……부인은 행복의 천사로 분장하세요.

헬 머 그럼 어떤 의상이 좋을까?

랑 크 부인은 평소 옷차림으로 나가시면 안성맞춤이지요…….

헬 머 좋아. 그럼 자네는 대체 무엇으로 분장할 작정인가?

랑 크 그건 마음속에 분명히 정해 두고 있네.

헬 머 그래?

랑 크 다음 가장 무도회 때 나는 보이지 않는 인간으로 분장할 거야.

헬 머 묘한 착상이군.

랑 크 커다랗고 검은 모자가 있잖아……보이지 않게 하는 모자 이야기를 들어 본 적 없나? 그걸 쓰면 모습이 보이지 않게 된다네.

헬 머 (웃음이 나오는 것을 참으며) 알았네, 알았어…… 아주 좋은 생각이군!

랑 크 아, 깜박 잊고 있었군, 여기에 들른 이유를. 헬머, 담배 한 가치만 주게. 자네의 검은 하바나 말야.

헬 머 여기 있네. (담뱃갑을 내민다)

랑 크 (한 가치 집어 들고 그 끝을 자른다) 고마워.

노 라 (성냥을 긋는다) 불을 붙이세요.

랑 크 고맙습니다. (노라가 성냥불을 내밀자 불을 붙인다)
     그럼.

헬 머 안녕, 잘 가요.

노 라 편히 주무세요, 랑크 선생님.

랑 크 그렇게 기원해 주시니 고마워요!

노 라 내게도 그렇게 기원해 주세요.

랑 크 부인에게도?……아, 원하신다면……그럼 안녕
     히 주무세요……그리고 불을 붙여 주셔서 감사
     합니다. (두 사람에게 인사를 하고 나간다)

제 5 장

헬머, 노라, 헬레네.

헬 머 (낮은 목소리로) 몹시 취했군!

노 라 (건성으로) 그런 것 같아요.

     헬머는 열쇠 꾸러미를 주머니에서 꺼내어 현관으로
     나간다.

노 라 당신……뭐하러 가요?

헬 머 우편함을 열어 봐야겠어……가득 찼어……내일
     아침신문도 못 넣겠는데.

노 라 오늘 밤에도 일하실 거예요?

헬 머 알고 있잖아, 하지 않을 거야⋯⋯아니, 이게 뭐야? 누가 이 자물쇠를 건드렸군?

노 라 자물쇠를⋯⋯?

헬 머 응, 분명히. 어떻게 된 거지? 설마 하녀가⋯⋯? 아니, 부러진 머리핀이 있군. 노라, 이건 당신 거잖아⋯⋯?

노 라 (빨리) 그럼 틀림없이 아이들이 그랬을 거예요.

헬 머 이런 짓은 못하게 해야 해요. 음, 음, ⋯⋯아, 겨우 열렸어. (우편물을 꺼내고 부엌을 향해 큰소리로) 헬레네!⋯⋯헬레네, 홀의 램프 불을 꺼. (헬머는 다시 방안으로 들어와 현관문을 닫는다)

헬 머 (손에 편지 뭉치를 잔뜩 들고 있다) 이것 봐. 이렇게 많아. (편지 뭉치를 펼쳐 본다) 아니, 이건 뭐야?

노 라 (창가에 서서) 아아, 그 편지! 안 돼요, 안 돼.

헬 머 명함이 두 장⋯⋯랑크 건데.

노 라 랑크 선생 거예요?

헬 머 (명함을 가만히 들여다 보며) '의학 박사 랑크' 맨 위에 있었어. 나가면서 넣었군.

노 라 뭐라고 씌어 있어요?

헬 머 이름 위에 검은 십자가가 그려져 있어. 언짢은 느낌을 주는군. 마치 자신의 죽음을 예고하고 있는 것 같아.

노 라 그래요.

헬 머 뭐라고? 당신 뭘 알고 있어? 당신에게 뭐라고 말했지?

노 라 네, 그 명함은 랑크 선생이 우리와 영원히 작별한다는 표시예요. 그분은 이제 방안에 틀어박혀 죽어 갈 작정이에요.

헬 머 가엾은 녀석이야. 그가 오래 지속할 수는 없으리라 생각하고 있었지만 말야. 이렇게 빨리……. 더구나 상처입은 짐승처럼 몸을 숨기고 말야.

노 라 어차피 그렇게 될 바에는 아무 말 없이 죽는 게 좋아요. 안 그래요?

헬 머 (방안을 왔다갔다하면서) 그는 이미 우리 가족이나 다름없었어. 그를 제외하고는, 우리 생활을 생각할 수 없을 정도야. 그가 고통과 고독에 빠져 있는 건, 말하자면 칙칙하고 생기가 없는 배경 같은 것이었어. 그 위에 우리 두 사람의 햇빛에 반짝이는 행복이 부각되어 있었어. 하지만 그렇게 하는 것이 도리어 더 좋을는지도 몰라, 적어도 그를 위해서는 말야. (멈춰 서서) 결국 우리를 위해서도 그럴지 모르지. 노라, 앞으로는 정말 단둘이 지내게 되었어. (노라를 껴안는다) 아아, 나의 귀여운 아내……아무리 힘껏 껴안아도 흡족하지 않아. 노라……나는 언제나 원하고 있어, 어떤 무서운 위험이 당신에게 닥쳐왔으면 좋겠다고 말야. 그러면 나는 목숨이나 재산, 모든 걸 당신을 위해 내던질 거야.

노 라 (몸을 뿌리치고 결연히 말한다) 그 편지를 읽으세요!

헬 머 아냐, 오늘 밤에는 읽기 싫어. 당신 곁에 있고 싶어.

노 라 친구가 죽어 가는 것을 생각하면서요……?

헬 머 그렇군. 우리에게 충격을 주었어……언짢은 일이 우리 사이에 끼어들었어……죽음이나 부패 따위가 말야. 이러한 것들로부터 빠져 나가도록 해야지. 그때까지는……서로 떨어져 있기로 합시다.

노 라 (헬머의 목을 껴안으며) 잘 자요! 안녕!

헬 머 (그녀의 이마에 키스를 하고) 잘 자요, 우리 종달새. 잘 자요, 노라. 그럼 나는 편지나 읽어 보자. (편지 뭉치를 들고 자기 방으로 들어가서 문을 닫는다.)

노 라 (겁먹은 표정으로 주위를 둘러보고는 헬머의 도미노를 집어 자기 어깨에 두른다. 그리고 성급히 쉰 목소리로 떠듬떠듬 속삭인다) 이제 두번 다시 못 만나, 두번 다시. (숄을 머리에 걸치고) 아이들과 다시는 못 만나. 아이들과도. 못 만나……오오, 얼음처럼 차갑고 검은 물. 깊디 깊은……. 아아……단숨에 해치우면, 그것으로……! 지금 그 편지를 손에 들었을 거야……지금 읽고 있을 거야. 아아, 아냐 아냐, 아직은. 잘 있어요, 아이들도……. (현관에서 밖으로 뛰쳐나가려 한다. 동시에 헬머가 자기 방 문을 열고 손에 편지를 펼쳐 든 채 나타난다)

헬 머 노라!

노 라 (날카롭게 외친다) 아아……!

헬 머 이게 뭐야? 이 편지에 뭐라고 씌어 있는지, 당신 알고 있어?

노 라 네, 알고 있어요. 가게 해 줘요! 내보내 줘요!

헬 머 (노라를 붙든다) 어디로 가려고?

노 라 (뿌리치려고 하면서) 나를 구하려 하지 마세요.

헬 머 (비틀거리며 뒤로 물러서서) 그렇군! 여기 씌어 있는 게 사실이군! 어떻게 이런 일이! 아냐, 아냐, 절대로 사실일 리가 없지!

노 라 사실이에요. 나는 이 세상 무엇보다도 당신을 사랑하고 있어요.

헬 머 쓸데없는 변명은 하지 말라구.

노 라 (남편에게로 한 발 다가서며) 여보……!

헬 머 제기랄!……이런 짓을 하다니!

노 라 나를 내보내 줘요. 당신이 대신 고통을 받아서는 안 돼요. 죄를 떠맡으시면 안 돼요!

헬 머 연극은 하지 마! (현관 문을 잠근다) 거기 서서 일일이 대답해 봐. 자신이 대체 무슨 짓을 했는지 알고 있어? 대답하라구! 알고 있어?

노 라 (남편을 가만히 바라보고 있지만, 굳은 표정으로) 네, 이제 겨우 그걸 알기 시작했어요.

헬 머 (방안을 왔다갔다하면서) 아아, 정말 무서운 일이야! 지난 8년 동안……내가 기뻐하며 자랑하고 있던 이 여자가……위선자이며 거짓말쟁이라니……아니, 그보다 더 나쁜 범죄자였다니!…… 이렇게 더럽고 추한 일이 또 있을까!

노 라 (말없이 남편을 가만히 바라보고 있다)

헬 머 (노라 앞에 멈춰 서서) 이런 일이 있을지도 모른다
는 걸, 내가 미리 알고 있어야 했어. 미리 알아
채야 했어. 당신 아버지의 그 무책임한 성
격……닥쳐! 당신 아버지의 그 무책임한 성격을
당신이 모두 이어받은 거야. 종교나 도덕이나 의
무감도 없는……아아, 당신 아버지를 관대하게
본 대가로 나는 이제 뼈아픈 형벌을 받는 거야.
당신을 위해 그렇게 했던 거야……그 보상이 이
건가!

노 라 네, 그래요.

헬 머 당신은 내 행복을 엉망으로 만들었어. 내 장래를
망가뜨려 버렸어. 아, 무서워, 생각만 해도 견딜
수가 없어. 나는 그 양심도 없는 인간의 손아귀
에 들어가고 말았어. 그 녀석은 나를 마음대로
다룰 수 있어. 무엇이든 나에게 요구할 수 있고
나를 지배하며 마음대로 명령할 수 있어. ……
나는 아무 말도 못한다구. 그런 비참한 처지에
빠져 나는 파멸하는 거야. 그것도 모두 무책임한
여자 때문이야!

노 라 내가 이 세상에서 없어지면 당신은 자유로워요.

헬 머 거창한 소리 하지 말라구. 그런 말은 당신 아버
지도 좋아했어. 당신 말처럼, 당신이 이 세상에
서 없어져 버린다고 해도 내게 무슨 도움이 되겠
소? 털끝만큼도 도움이 되지 않아. 그 녀석은 역
시 사건을 공개하고 말 거야……그렇게 되면 세
상 사람들로부터 내가 당신의 범죄 행위에 가담

하고 있었으리라는 의심을 받게 돼. 어쩌면 내가 뒤에 숨어서……당신을 부추겼다고 믿게 될지도 몰라! 이게 모두 당신 때문이야. 소중히, 소중히 다루어 온 당신 때문에 벌어진 일이야. 알겠어, 당신이 내게 무슨 짓을 했는지?

노 라 (차갑고 침착하게) 알아요.

헬 머 도저히 믿어지지 않아, 무슨 영문인지 알 수가 없다구. 하지만 무슨 방법을 강구해야지. 그 숄을 벗어! 벗으라면 벗어! 어떻게든 그 녀석을 달래 봐야지. 무슨 수를 써서라도 이 사건이 터지지 않도록 막아야 해. 그리고 당신과 나의 관계인데, 남의 눈에는 모든 것이 종전과 다름없는 것으로 보이게 해. 하지만 물론 남들에 대한 체면을 위해서만 그러는 거요. 당신은 여전히 이 집에서 사는 거야……당연한 일이지. 그러나 아이들을 교육시키는 일은 당신에게 맡길 수 없어……믿을 수 없으니까……. 아아, 그토록 깊이 사랑하고 있던 여자에게, 이런 말을 해야 하다니! 지금도 나는……! 아니, 이건 이미 끝난 일이야. 그렇게 해야지. 앞으로는 행복이라는 건 있을 수 없어. 다만 그 파편들을 모아 외양이나 겉치레를 꾸며 나갈 뿐이야……. (현관에서 초인종 소리가 난다)

헬 머 (움찔하며) 뭐야? 이렇게 늦은 시각에. 드디어 최악의 사태에 이르렀나……! 설마 그 녀석이……? 숨어, 노라! 병을 앓고 있다고 말할 테

니까. (노라는 꼼짝 않고 서 있다. 헬머가 나가서 현
관문을 연다)

헬레네 (옷을 대충 걸쳐 입은 모습으로, 현관에서) 마님에
게 편지가 왔어요.

헬 머 이리로 가져와. (편지를 받아들고 문을 닫는다) 역
시 그래……그 녀석이 보낸 거야. 당신에게는
줄 수 없어……내가 읽겠어.

노 라 어서 읽어 보세요.

헬 머 (램프 불 옆에서) 도저히 뜯어 볼 용기가 안 나는
군. 우리의 파멸일지도 몰라, 당신과 나의. 아
니, 읽어 봐야지. (급히 봉투를 뜯고 몇 줄을 훑어
본다. 동봉한 다른 종이를 보고 기쁨의 환성을 지른
다) 노라!

노 라 (의아한 듯이 남편을 바라본다)

헬 머 노라!……아니, 한 번 더 읽어 봐야지. 음, 음,
역시 그래. 나는 살았어! 노라, 나는 살았어!

노 라 그럼 나는?

헬 머 물론 당신도. 우리는, 둘 다 살아났어. 이걸 봐.
그 녀석이 차용 증서를 돌려보냈어. 미안하다고,
후회하고 있다고 씌어 있어……. 행운이 찾아와
생활이 변했다고 씌어 있군……뭐라든, 그런 건
어떻든 좋아. 우리는 살아난 거야. 노라! 이제
아무도 당신을 괴롭히지는 못해. 아아, 노라, 노
라……아니, 우선 이 보기 싫은 증서를 없애 버
려야지! 이거야……(차용 증서를 흘긋 바라보고)
아니, 이제 보고 싶지 않아……내게는 모두 악몽

이외의 아무것도 아니니까. (차용 증서와 2통의 편지를 찢어서 난로 속에 던지고 불타는 것을 지켜보고 있다) 자아, ……이제 끝났어……그 녀석의 편지에 씌어 있던데, 크리스마스 이브 때부터 쭉 당신은……. 아아, 지난 사흘 동안 당신은 얼마나 두려웠을까, 노라.

노 라 지난 사흘 동안 나는 정말 괴로웠어요.

헬 머 당신은 괴로워서 빠져 나갈 길이 없기 때문에 드디어 스스로 몸마저……. 아니, 이런 불유쾌한 일은 잊어버립시다. 다만 기쁨의 환성을 지르며 되풀이합시다. 끝났다, 끝났어! 하고 말야. 왜 그래, 노라……아무래도 잘 모르는 모양이군. 끝났다구. 왜 그런 굳은 표정을 하고 있지? 아아, 귀여운 노라, 알았어……당신에게는 믿어지지 않는 거지? 내가 당신을 용서했다는 것이. 용서해 준 거야, 노라……맹세하지. 모든 걸 용서했어. 나에 대한 애정 때문에 당신이 그랬다는 걸 알고 있어요.

노 라 정말 그래요.

헬 머 당신은 아내로서 나를 사랑했어. 다만 당신에게는 그 방법을 판단할 통찰력이 결여되어 있었을 뿐이야. 그러나 당신이 자기 혼자서 아무 일도 처리할 수 없다고 해서 내가 당신을 덜 사랑하리라고 생각하나? 아냐, 아냐, ……내게 의지하고 있으면 돼……조언도 해 주고, 지도도 해 줄 거야. 여자의 그런 무력함이, 갑절이나 더 매력적

이야. 그런 당신을 이해하지 못한다면 나는 남자
라고 할 수도 없지. 내가 놀라서 한 지독한 말에
구애되지 말아요. 그때는 모든 게 내 머리 위로
무너져 내리는 듯한 느낌이 들었다구. 나는 당신
을 용서했어, 노라. 맹세하지, 나는 당신을 용서
했어.

노 라 용서해 주셔서 고마워요. (오른쪽 문을 통해 나간
다)

헬 머 아, 기다려……. (안을 들여다보며) 거기서 뭘 하
려는 거요?

노 라 (방안에서) 가장복을 벗는 거예요.

헬 머 (열려 있는 문 앞에서) 응, 그게 좋아. 그렇게 해
요. ……마음을 가라앉히도록 해요. 겁먹은 귀
여운 종달새. 안심하고 쉬도록 해. ……내가 커
다란 날개를 펴서 당신을 감싸 줄 테니까. (문
앞에서 왔다갔다하면서) 아아, 우리 집은 얼마나
즐겁고 아름다운가! 노라, 여기 있으면 당신도
안전해. 내가 지켜 주니까. 흉악한 매의 발톱에
채이지 않도록 내가 무사히 구해 낸 비둘기처럼
말야. 아직 두근거리고 있는 당신의 그 가슴도,
내가 차차 진정시켜 주지. 노라, 정말이야. 내일
이면 모든 것이 아주 판이하게 보일 거야. ……
모든 것이 금방 전과 같이 될 거야……당신을
용서했다고 되풀이해 말할 필요도 없는 거
야……당신 스스로가 그걸 분명히 알아채게 될
테니까. 내가 당신을 쫓아내거나 비난하려고 마

음먹었다고는 생각하지 않겠지? 아아, 당신은 진
정한 남자의 마음을 몰라. 노라, 남자는 아내를
용서했다고⋯⋯마음속으로부터 진정 용서했다고
스스로 인정하면 말할 수 없는 즐거움과 만족감
을 느끼는 거야. 그래서 아내는 이중으로 그의
것이 되는 셈이지. ⋯⋯그는 아내에게 새로운
생명을 안겨 주는 셈이야. 아내는 말하자면 그의
아내인 동시에 아이란 말야. 당신도 오늘부터는
그렇게 되어야 해. 어떻게 하면 좋을지 모르고
의지할 데도 없는 어린 아기야. 이제 두려워할
필요는 없어, 노라. ⋯⋯무엇이든 나에게 털어
놓고 이야기하는 거야. 그러면 내가 당신의 마음
이 되고, 양심이 되지⋯⋯.아니, 왜 그래? 안 잘
거야? 옷을 갈아입었군?

노 라 (평상복을 입은 모습으로) 그래요, 갈아입었어요.

헬 머 아니, 왜, 이런 늦은 시각에⋯⋯?

노 라 오늘 밤에는 자지 않을 거예요.

헬 머 아니, 노라⋯⋯.

노 라 (자신의 시계를 들여다보고) 아직 그렇게 늦은 시
각이 아녜요. 여기 앉으세요.⋯⋯둘이서 할 이
야기가 많아요. (테이블 옆에 앉는다)

헬 머 노라, ⋯⋯왜 그래? 그렇게 못마땅한 얼굴을 하
고⋯⋯.

노 라 앉으세요. 이야기할 게 많아요.

헬 머 (테이블 맞은편에 앉는다) 어쩌겠다는 거야? 걱정
이 되잖아, 노라. 왜 그래?

노 라 네, 그거예요, 당신은 나를 알지 못하고 있어요.
나도 당신을 모르고 있었어요,……오늘 밤까지.
아니, 말을 중단시키지 마세요. 내 말만 들어 줘
요……이제 결말지을 테니까요.

헬 머 뭐라고?

노 라 (잠시 입을 다물고 있다가) 둘이서 이렇게 마주 보
고 앉아 있으면 당신은 뭔가 느껴지는 게 없어
요?

헬 머 무슨 말이야?

노 라 우리는 결혼한 지 8년이 됐어요. 우리 두 사람,
당신과 나, 남편과 아내가 함께 진지하게 이야기
하는 게 이번이 처음이라는 건 이상하지 않아요?

헬 머 진지하게라니……무슨 뜻이야?

노 라 8년 동안……아니, 더 오래 됐어요……서로 알
게 된 이후로, 우리는 진지한 이야기를 주고받은
적이 한번도 없었어요.

헬 머 그럼 언제나 번잡한 사건 속에 당신이 말려들게
했어야 옳았단 말인가? 당신에게 그것을 털어놓
고 이야기해도 별수 없잖아!

노 라 그런 말을 하고 있는 게 아녜요. 어떤 일이고 우
리가 서로 진지하게 이야기해 본 적이 한번도 없
다고 말하고 있는 거예요.

헬 머 하지만, 노라, 그런 일이 당신에게 어울렸을까?

노 라 그거예요. 당신은 한번도 나를 이해해 주지 않았
어요……나는 아주 잘못된 대우를 받고 있었던
거예요. 처음에는 아버지로부터, 다음에는 당신

한테서.

헬 머 뭐라고! 우리 두 사람한테서……누구보다도 당
신을 사랑한 두 사람한테서?

노 라 (고개를 저으며) 당신들은 나를 사랑하고 있었던
게 아녜요. 단지 귀엽다고 재미있어하고 있었을
뿐이에요.

헬 머 무슨 소리를 하는 거야. 노라!

노 라 네, 그래요. 아버지와 함께 있을 때는, 아버지는
나에게 여러 가지 의견을 말씀하셨어요. 그래서
나도 같은 의견을 갖게 되었어요. ……그리고
만일 다른 생각이 머리에 떠오를 때가 있어도 숨
겨 두었어요. ……아버지의 마음에 들지 않으리
라고 생각했기 때문이에요. 아버지는 나를 자신
의 인형이라고 부르고, 내가 인형을 갖고 노는
것처럼 나와 놀아 주셨어요. 그 후 나는 이 집으
로 왔어요…….

헬 머 우리의 결혼에 대해 그런 묘한 표현을 하지 않아
도 되잖아?

노 라 (태연히) 아버지 곁에서 당신에게로 옮겨 왔다는
의미예요. 당신은 무엇이든 자신의 취향대로 지
내왔어요. 그래서 나도 당신과 같은 취미를 갖게
되었어요……아니면 그런 체했거나……잘 모르
겠어요. 어쩌면 양쪽 다 맞을지도 몰라요. 때로
는 그 취미를 갖게 되고, 때로는 흉내를 내
고……. 지금 돌아보면, 나는 이 집에서 거지처
럼 살고 있었던 것 같은 느낌이 들어요. 나는 당

138

신에게 여러 가지 곡예를 부리며 살아왔어요. 하지만 그렇게 만든 사람은 당신이에요. 당신과 아버지는 나에게 커다란 죄를 지은 거예요. 내가 보잘것없는 사람이 된 건 당신들 때문이에요.

헬 머 노라, 당신은 정말 우스꽝스럽고 배은 망덕한 소리를 하는군! 당신은 내 집에서 행복하게 살고 있었잖아!

노 라 아뇨, 행복했던 적은 한번도 없어요. 그렇게 생각하고는 있었죠. 하지만 사실은 그렇지 않았어요.

헬 머 그렇지 않았다고……행복하지 않았다고!

노 라 단지 마음이 들떠 있었어요. 그리고 당신은 언제나 나에게 친절했어요. 하지만 우리 집은 놀이방 같았어요. 나는 당신의 인형에 불과한 아내였던 거예요. 친정에서 아버지의 인형인 아이였던 것처럼. 그리고 이번에는 저 아이들이 내 인형이 되었어요. 당신이 상대가 되어 놀아 주면 나는 기뻤어요. 마치 내가 아이들의 상대가 되어 놀아 주면 아이들이 기뻐하는 것처럼 말예요. 그것이 우리의 결혼이었어요.

헬 머 당신의 말에도 일리는 있어……너무 과장하여 거창하게 들리지만 말야. 그러나 앞으로는 그렇게 되지 않을 거야. 놀이 시간은 끝났어. ……앞으로는 교육 시간이야.

노 라 누굴 교육 시키겠다는 거예요? 나에 대한 교육이에요, 아니면 아이들에 대한 교육이에요?

헬 머 당신과 아이들 양쪽 다야, 노라.

노 라 아아, 당신은 나를 당신의 좋은 아내로 교육시킬 수 있는 사람이 못 돼요.

헬 머 어떻게 그런 말을 할 수 있지?

노 라 그리고 나……나에게 아이들을 교육시킬 자격이 있겠어요?

헬 머 노라!

노 라 조금 전에 당신이 그렇게 말하지 않았어요? …… 그런 일은 나에게 맡길 수 없다고요.

헬 머 그건 흥분해서 한 소리야! 왜 그런 말에 신경을 쓰지?

노 라 아녜요, 그래요……정말로 맞는 말이에요. 내게 는 그런 일을 해낼 만한 힘이 없어요. 그보다 더 먼저 해야 할 일이 있어요. 나 자신을 교육시켜 야 해요. 더구나 당신은 그것을 도와 줄 수 있는 사람이 못 돼요. 나 혼자서 해야 해요. 그래서 당신과 헤어지는 거예요.

헬 머 (펄쩍 뛰며) 무슨 소리를 하는 거야?

노 라 나는 자신을 발견하고 또 주위의 일을 잘 판단하 기 위해서는 완전히 혼자가 되어야 해요. 그래서 더 이상……당신 곁에 있을 수 없어요.

헬 머 노라! 노라!

노 라 곧 나가겠어요. 크리스티네가 오늘 밤은 재워 주 겠죠…….

헬 머 당신은 제정신이 아냐. 그렇게는 못해! 절대로 안 돼.

노 라 이제 나에게 무엇을 금지시켜도 소용없어요. 내
　　　 것만 갖고 갈 거예요. 당신에게서는 아무것도 받
　　　 지 않을 작정이에요, 지금도, 앞으로도.

헬 머 무슨 미친 짓이야!

노 라 나는 내일 친정으로 갈 거예요⋯⋯원래 살고 있
　　　 던 나의 집으로 말예요. 무엇을 하든 거기서는
　　　 하기가 쉬울 거예요.

헬 머 분별도 없고 세상 물정도 모르는 사람!

노 라 그걸 알려는 거예요.

헬 머 당신의 집과 남편, 아이들을 버리고 가? 남들이
　　　 뭐라고 할지, 당신은 아무렇지도 않아?

노 라 그런 일에 얽매이고 있을 수 없어요. 내가 알고
　　　 있는 건, 이렇게 해야 한다는 것뿐이에요.

헬 머 괘씸해, 정말 발칙해! 당신은 자신의 가장 신성
　　　 한 의무를 저버리는 거야.

노 라 무엇이 나의 가장 신성한 의무라는 말예요?

헬 머 그런 것까지 말해야 하나! 남편과 아이들에 대한
　　　 의무잖아?

노 라 내게는 그 이외에 그것과 똑같이 신성한 의무가
　　　 있어요.

헬 머 그런 건 없어! 대체 뭐야, 말해 보라구!

노 라 나 자신에 대한 의무예요.

헬 머 당신은 무엇보다도 먼저 아내이고 어머니야.

노 라 그런 건 이제 믿지 않아요. 나는 무엇보다도 먼
　　　 저 인간이에요, 당신처럼⋯⋯적어도 그렇게 되
　　　 도록 노력하려 하고 있어요. 그야 세상 사람들은

당신의 말에 찬성하겠죠. 그리고 책에 씌어 있는
것도, 그런 말이에요. 하지만 나는 이제 세상 사
람들이 하는 말이나 책에 씌어 있는 말을 신용할
수 없어요. 스스로 잘 생각해서 해결해 나가도록
하겠어요.

헬 머 당신은 가정에서의 자신의 위치를 모르고 있는
모양이군. 이러한 문제를 다루는 데 잘 인도해
줄 지도자가 없단 말이오? 신앙이라는 건 어떻게
된 거야?

노 라 아아, 신앙이 무엇인지 나는 정말 몰라요.

헬 머 뭐라고?

노 라 나는 견진성사 때 한센 신부님이 하신 말씀밖에
는 아무것도 몰라요. 신부님은 신앙이란 이러이
러한 것이라고 말하셨어요. 이런 환경에서 빠져
나가 혼자 있게 되면, 그것도 잘 생각해 볼 생각
이에요. 한센 신부님의 말씀이 옳은지 어떤지,
적어도 나에게 있어서는 옳은지 어떤지.

헬 머 아니, 이런 이야기는 들어 본 적이 없어, 젊은
여자가 어떻게 그런 말을! 하지만 신앙이 당신에
게 올바른 길을 가르쳐 주지 못한다면, 양심은
어때? 당신에게도 도덕적인 감정이야 있겠지? 아
니면, 대답해 봐……그것도 없나?

노 라 글쎄요, 잘 설명할 수가 없어요. 나로선 알 수가
없어요. 그러한 문제에 관해서는, 머리 속이 뒤
죽박죽이 되어 버렸어요. 다만 알고 있는 건 그
런 문제에 관해서는, 내가 당신과 전혀 다른 생

각을 하고 있다는 거예요. 법률도 내가 생각하고
있던 것과는 다르다는 걸 알게 되었어요. 그러한
법률이 옳다고는 생각할 수 없어요. 여자에게는,
죽어 가고 있는 아버지에게 걱정을 끼치지 않거
나 남편의 목숨을 구해줄 권리가 없다니! 그런
건 납득할 수 없어요!

헬 머 어린애 같은 소리를 하는군. 당신은 자신이 살아
가고 있는 사회라는 걸 알지 못하고 있어.

노 라 네, 알지 못해요. 하지만 앞으로는 알게 될 거예
요. 사회가 옳은지, 내가 옳은지 확인해 봐야죠.

헬 머 당신은 병을 앓고 있어, 노라……열이 있어. 어
쩌면 정신병일지도 몰라.

노 라 나는 지금까지 오늘 밤처럼 분명히 자각했던 적
은 없었어요.

헬 머 그럼 당신은 분명히 자각을 하고 자신의 남편과
아이들을 버리고 나가겠다는 말야?

노 라 네, 그래요.

헬 머 그럼 딱 한 가지 해석을 내릴 수 있겠군.

노 라 어떤 해석요?

헬 머 당신은 이미 나를 사랑하고 있지 않아.

노 라 네, 맞아요.

헬 머 노라! ……그렇게까지 말해야 해?

노 라 아아, 괴로워요. ……당신은 언제나 나에게 정
말 친절했으니 말예요. 하지만 어쩔 도리가 없어
요. 이제 당신을 사랑하지 않아요.

헬 머 (침착성을 잃지 않으려고 애쓰면서) 그 말도 분명하

고 틀림없는 말인가?

노 라 네, 어디까지나 분명하고 틀림없는 말이에요. 그래서 여기에 있고 싶지 않아요.

헬 머 그럼 내가 왜 당신의 사랑을 잃게 되었는지 설명해 줄 수도 있겠군?

노 라 네, 간단해요. 오늘 밤에 기적이 일어나지 않았기 때문이에요. 그래서 나는 당신이 내가 생각하고 있던 것과 같은 사람이 아니었다는 걸 알게 되었어요.

헬 머 더 자세히 말해 줘……무슨 말인지 알 수 없어.

노 라 지난 8년 동안 나는 참을성 있게 기다리고 있었어요……기적이라는 게 그렇게 간단히 일어나는 게 아니라는 걸 알고 있었으니까요. 그런데 이번에 재난이 엄습해 왔어요. 그래서 나는 확신했어요. '이제 기적이 일어나리라'고 말예요. 크로구스타의 편지가 저 우편함 속에 있을 동안 ……당신이 그 남자의 위협에 굴복하리라고는 꿈에도 생각하지 못했어요. 나는 당신이 그 남자에게 이렇게 말하리라고 확신하고 있었어요. '온 세상에 알려라'고 말예요. 그리고 그것이 세상에 알려진 다음에는…….

헬 머 그 다음에는 뭐야? 자기 아내를 치욕과 불명예 속에 빠뜨린 다음에는…….

노 라 나는 굳게 믿고 있었어요……그 다음에는 당신이 세상 사람들 앞에 나가 모든 책임을 짊어지고 '내가 죄를 범했다'고 말하리라고 말예요.

헬 머 노라……!

노 라 내가 당신에게 그런 희생을 지울 리가 없다고 말하려는 거죠? 물론 그래요. 하지만 내가 아무리 말려도 당신의 결심 앞에서는 소용이 없을 거예요……그래요. 내가 그렇게 되는 걸 두려워하면서 일어나기를 바라고 있던 기적이라는 건. 그리고 이를 저지하기 위해 나는 목숨을 버리려 했던 거예요.

헬 머 당신을 위해서는 나는 기꺼이 낮이나 밤이나 일할 거야, 노라…… 당신을 위해 슬픔이나 괴로움을 견뎌 가면서 말야. 하지만 사랑하는 사람을 위해서라고 해도 자신의 명예를 희생시키는 사람은 없어.

노 라 그러나 수천만 명의 여자들이 그렇게 해 왔어요.

헬 머 그건 철없는 어린애 같은 생각이야. 당신은 어리석게 어린애 같은 소리를 하고 있어.

노 라 좋아요. 하지만 당신의 생각이나 말하는 것도, 내가 함께 살아갈 수 있는 남자의 것이 아녜요. 무서워서 부들부들 떤 주제에, 그 일이 수습되자……그것도 나에게 닥쳐온 위험 때문이 아니라 단지 당신이 그러한 꼴을 당할지도 모른다는 걱정 때문에 말예요. 그리고 그 위험이 무사히 수습되자 당신은 마치 아무일도 없었던 것처럼 행동하셨어요. 그야말로 이전과 마찬가지로 나는 또 당신의 종달새, 당신의 인형이 되었단 말예요. 그리고 당신은 내가 허약하고 깨지기 쉬운

걸 알았기 때문에 앞으로는 더욱 소중히 다루겠
다는 거예요. (일어서서) 그때 나는 알아챘어요.
지난 8년 동안 나는 타인과 여기서 살면서 세 아
이를 낳았다는 걸. 아아, 생각만 해도 지긋지긋
해요! 이 몸을 갈기갈기 찢어 버리고 싶어요.

헬 머 (음울하게) 알았어, 알았어. 우리 두 사람 사이에
커다란 균열이 생겨난 거야……아아, 노라, 그
균열을 메울 수는 없을까?

노 라 지금의 상태로선 나는 아내라고 할 수 없어요.

헬 머 딴 사람이 되어 보이겠어.

노 라 그렇겠죠……인형이 당신에게서 없어져 버리면.

헬 머 헤어져……당신과 헤어진다고! 노라, 그런 건
생각할 수도 없어.

노 라 (오른쪽 방으로 들어간다) 그럼 과감하게 헤어져야
해요. (외출용 의류와 작은 여행용 가방을 들고 되돌
아와 그것들을 테이블 옆 의자에 내려놓는다)

헬 머 노라, 노라, 지금은 안 돼! 내일까지 기다려.

노 라 (외투를 입으면서) 남의 방에서 밤을 지낼 수는
없어요.

헬 머 남매처럼 여기서 지낼 수는 없나……?

노 라 (모자 끈을 매면서) 그것이 오래 가지 못하리라는
건 잘 알고 있잖아요. (숄을 두른다) 그럼 잘 있
어요. 아이들은 만나지 않겠어요. 나보다 더 나
은 사람이 돌보고 있으니까요. 지금의 나로선 그
아이들에게 아무것도 해 줄 수가 없어요.

헬 머 하지만 시간이 지나면, 노라……언젠가는……?

노 라 글쎄요……. 난 내가 어떻게 될지조차도 알 수 없어요.

헬 머 그러나 당신은 내 아내야. 지금도, 그리고 앞으로도.

노 라 당신은 지금의 나처럼 아내가 남편의 집을 버리고 나가면 아내에 대한 남편의 의무는 법률에 의해 모두 해제된다고 하더군요. 어쨌든 나는 당신을 모든 의무로부터 해방시키는 거예요. 나도 그렇지만, 당신은 이제 아무런 속박도 느낄 필요가 없어요. 앙쪽 다 완전히 자유예요. 자아, 당신의 반지를 돌려주겠어요. 내 것도 돌려줘요.

헬 머 그것마저?

노 라 그것마저요.

헬 머 여기 있어.

노 라 이제 완전히 끝났어요. 열쇠는 여기 놓아두겠어요. 집안 일은 하녀들이 다 알고 있어요……나보다 더 잘 알고 있어요. 내일 크리스티네가 내가 친정에서 갖고 온 것들을 가지러 올 거예요. 나중에 보내 주세요.

헬 머 ……이걸로 끝났나? 모든 게 끝난 거야? 노라, 이제 내 생각은 안 할 건가?

노 라 당신이나 아이들, 이 집 생각을 아무래도 하지 않고는 있을 수 없으리라고 생각해요.

헬 머 편지를 보내도 좋겠지, 노라?

노 라 아뇨, 안 돼요. 보내지 마세요.

헬 머 그래도 뭔가를 보내 줄 수는…….

노 라 안 돼요, 안 돼요.

헬 머 ……어려운 일이 있으면 도와 줄 테니까.

노 라 안 된다고 했잖아요. 타인으로부터는 아무것도 받지 않겠어요.

헬 머 노라……나는 이제 당신에게 있어 타인 이상의 사람이 될 수 없을까?

노 라 (여행용 가방을 집어들고) 아아, 그렇게 되려면 기적 중의 기적이라도 일어나야죠…….

헬 머 기적 중의 기적? 그게 뭔지 말해 줘!

노 라 나와 당신 두 사람 다 새로이 태어나듯 완전히 달라지는 거예요……. 아아, 나는 이제 기적 따위는 믿지 않아요.

헬 머 하지만 나는 믿어. 말해 줘! 내가 다시 태어나듯이 완전히 달라지고, 그리고……?

노 라 우리의 공동 생활이 진정한 결혼 생활이 된다면요. 그럼 잘 있어요. (현관 홀을 통해 나간다)

헬 머 (창가의 의자에 무너지듯 맥없이 쓰러져 두손으로 얼굴을 가린다) 노라! 노라! (주위를 둘러보고 일어서서) 없어. 가 버렸어! (문득 마음속에 한 가닥의 희망이 피어올라) 기적 중의 기적……?!

대문이 쾅 하고 닫히는 소리가 들려 온다.

□ 입센의 작품세계

차범석 (극작가, 대한민국예술원 회원)

　서양 연극사에 근대극이라고 지칭하는 연극 장르가 있
다. 이것은 19세기 말 시민사회 형성기에 들어서면서 고
전주의 희곡이나 고대 고전극에 대립하는, 새로운 시민사
회에 적합한 새로운 연극운동에서 비롯되었다. 그 새로운
희곡의 진가를 발휘하기 위한 연극운동은 곧 희곡의 문학
성과 연극의 예술성을 역설한 예술운동으로, 당시의 기존
연극계에 하나의 혁신을 가져온 원동력이라 해도 과언은
아니다. 입센, 스트린드베리, 베크, 메테를링크, 하우프
트만, 슈니츨러, 버나드 쇼, 체홉은 그러한 근대극의 개
념을 보다 확고하게 정립시키고 확산시킨 극작가들이다.
　이 중에서도 입센은 작품세계의 정수라 할 수 있는 근
대극 정신이 가장 두드러진 점에서 근대극의 비조(鼻祖)
라고 지칭받기에 이르렀다. 입센의 희곡문학이 조국 노르
웨이보다 다른 나라 연극에 적지않은 영향을 미친 것으로
봐서도 결코 지나친 찬사는 아니다.
　그는 1828년 3월 20일, 노르웨이의 소도시인 시엔에서

태어났다. 인구 3천 안팎의 작은 항구에서 태어난 그가 처녀작인 《카틸리나》를 발표한 것은 1850년이었다. 무명 작가의 이름을 벗어나지 못할 때였다.

그가 1864년 (36세) 조국을 떠난 이후 로마, 드레스덴, 뮌헨에 머물면서 저술한 희곡으로 명성을 떨친 후 조국으로 돌아왔을 때는 유럽 대륙의 연극계에 우뚝 솟은 기둥으로 알려졌다. 76세로 영면할 때까지 조국에서 여생을 보내는 동안 극작을 쉬지 않았으니 입센은 노르웨이의 자랑이자 근대 연극의 대표적인 극작가라고 말할 수 있다.

그러나 그의 작품세계는 몇 차례의 변신과 전환기를 가졌다. 그가 드레스덴에 체류하면서 완성한 2부작 《황제와 갈릴리 인》은 이교주의(異嬌主義)와 기독교 정신의 사상적 충돌을 다룸으로써 '제3제국'의 이상을 꿈꾸었던 때도 있었다. 그런가 하면 만년에는 《우리들 죽음에서 깨어나는 날》과 같은 상징주의적인 세계로 침잠해 들어가기도 했다. 그럼에도 불구하고 우리가 입센의 진가를 사실주의 연극의 개조(開祖)라는 시각에서 찾는 이유는 그의 '뮌헨 시대'에 발표된 일련의 작품에서 비롯된다.

그가 뮌헨에 머물면서 쓴 작품은 《사회의 기둥》을 비롯하여 《인형의 집》《유령》《민중의 적》《들오리》, 그 후 발표된 《로스메르 저택》《바다에서 온 부인》《헤다 가블러》 등이 입센의 정신세계를 집약시킨 걸작으로 꼽히며 정평을 얻었다.

뮌헨 시대의 일련의 작품은 형식면에서는 종래의 운문적인 희곡에서 탈피하여 산문을 구사했다. 주제면에서는 경험주의적으로 사물을 관찰하는 시각에 바탕을 두되 객

관적인 사실로 향한 접근과 최대한의 정밀성 묘사까지도
포함한 결정적인 업적을 남겼다.

　19세기 중엽에 들어서면서 유럽 문학은 자연주의를 맞
이했고, 그것은 소설문학에서 화려한 개화기를 맞기도 했
다. 따라서 희곡이나 시는 소설에 압도당했다 해도 과언
은 아니다. 에밀 졸라의 문학이 프랑스 자연주의 문학을
대표했던 것도 어찌보면 생체해부적인 의도로 사회를 직
시했던 흔적에서 엿볼 수 있다. 그는 대표작 《테레즈 라
캉》에서 뿐만 아니라 이 소설을 직접 극화하여 서문에 자
신의 포부를 천명하기도 했다. 그리고 1891년에는 《연극
에 있어서의 자연주의》라는 평론집을 발표함으로써 졸라
는 자연주의를 희곡문학에까지 확산시키는데 힘을 썼다.

　이와 같은 에밀 졸라의 영향은 프랑스 국내 뿐만 아니
라 뮌헨에 머물고 있던 입센에게도 적지않은 영향을 미치
게 되었다. 사실을 사실대로 정교하게 묘사한다는 것은
궁극적으로는 하나의 과학적 분석과 실험적 방법론까지도
동반하는 이론이니만큼 급변하는 사회에서 극작가가 어떤
시각으로 현실을 직시하며 무엇을 발견해야 할 것인가라
는 인식은 매우 자연스럽고도 시의에 적합한 방법이라고
볼 수 있을 것이다.

　그러나 에밀 졸라가 세상을 보는 시각은 입센의 그것과
상당한 거리가 있었다. 언젠가 입센은 자신과 졸라의 작
품세계의 차이점을 이렇게 설명했다고 전해진다.

　"나와 졸라의 차이는 딱 한가지뿐이다. 졸라는 오수(汚
水)가 고여 있는 웅덩이에 들어가서 몸을 씻는다면 나는
그곳을 말끔히 청소하고 싶은 생각뿐이다."

이 짧막한 에피소드는 입센과 졸라의 문학세계의 차이를 밝히는 사사로운 문제로 그친 게 아니라 기성 세대를 향한 젊은 세대의 도전장으로 확대 해석되어 물의를 일으키기도 했다. 그러나 1891년 버나드 쇼는 〈입세니즘의 정수(精隋)〉라는 글로 입센을 옹호하는 위치에 서기도 했다.

입센의 희곡을 가리켜 사회극 또는 문제극이라는 별칭을 붙인다. 그것은 앞서 얘기한 뮌헨 시대 희곡의 특징에서 추출된 하나의 개념으로 해석해도 무방할 것이다. 입센의 희곡이 다루었던 작품 주제가 각기 사회문제들이었고 그 여파가 사회개혁에도 적지않게 영향을 미쳤기 때문이다. 예컨대 희곡 《사회의 기둥》은 부패한 선박계의 문제를, 《인형의 집》에서는 남녀동등권을, 《유령》에서는 유전학에 의한 성병의 해독을, 《민중의 적》에서는 지역사회의 정치와 저널리즘의 부패를 드러냄으로써 당시의 유럽사회에 만연된 절실한 문제에 예리하게 메스를 가했던 흔적을 말하고 있다. 이와 같은 입센의 작품은 세상사람들에게 주의를 환기시켰을 뿐만 아니라 다른 나라 작가에게도 커다란 영향을 미쳤으니 프랑스의 브리외, 영국의 골즈워디 등 그 밖의 사회개량주의자들에 의해 사회 문제에 관한 인식과 행동화에 불을 붙이기도 했다. 그런 연유에서 입센의 희곡을 문제극이라고 지칭하는 것은 어찌보면 자연스러운 여파라고 볼 수도 있다.

당시의 기성 연극은 한마디로 상업주의에 바탕을 둔 오락과 소모성을 내세운 것으로 전락되어 연극의 현실적 지주란 단지 흥미 유발의 대상이었다. 이른바 'Well made play'라는, 외형적인 흥미 본위의 연극이 사회 문제를 들추기란 상상도 못할 환경 속에 놓여 있었다. 그러나 입센은 어찌보면 혼탁한 현실 속에서 의식적이건 무의식적이건 자신의 삶과 사회적 가치관과는 등지고 살아가는 관객에게서 하나의 각성과 새로운 시대적 개안(開眼)까지도 꿈꾸었을지 모른다. 그것은 곧 개인과 사회의 역학 관계일 수도 있고 철저한 개인적 권리의 추구일 수도 있다. 개인과 가정과 사회의 삼각 관계는 더불어 살아가는 숙명적인 관계에 있으니만큼 그 가운데 어느 것 하나라도 뒤틀릴 수 없다는 입센의 현실감은 어느 의미로는 하나의 이상주의요, 로맨티스트의 시각을 지니고 있었다고 볼 수 있을 것이다. 그러기에 같은 자연주의 문학의 테두리 안에 있으면서도 에밀 졸라와 입센 자신과의 차이점을 분명히 구분화시킬 수 있었던 저변의 힘은 궁극적으로 개인의 자유와 권리 해방을 전제로 하는 인간적 염원이 그의 희곡 구석구석에 점철되어 있다고 봐야 한다. 그는 평생 동안 자신의 생명을 걸고 자신의 내부에 도사리고 있는 문제들을 집요하게 추구해 왔다. 그의 내부에 도사리고 있는 문제란 앞에서도 말한 바 있는 개인과 사회와의 상관성이며 그것은 곧 개인적 권리 주장이자 자유 획득을 위한 승리라 해도 과언은 아니다.

이와 같은 관점에서 우리가 그의 작품세계를 단순히 문제극이라고 부르는 것은 그 일면만을 보았을 뿐 전체를 못 보는 어리석음일지도 모를 일이다. 이와 같은 문제의 제기는 입센 자신이 희곡 〈인형의 집〉에 대해서 언급한 사실로 다시 한 번 음미해 볼 만 하다. 그것은 세상 사람들이 〈인형의 집〉을 두고 여권신장(女權伸張)을 위한 선전 작품이라고 말한 것에 대한 반론이다. 바꾸어 말하면 남편의 몰이해와 부도덕에 반발하고 집을 나가는 노라의 행위를 두고 박탈당한 여권의 쟁취를 강조하는 작품으로 평가받는 것을 부인하려는 입센의 의도를 알 수 있다.

"여권신장론의 선전이 설사 내 머리 속에 있었다 하더라도 그것은 훨씬 후에 가서 거론될 것이다. 만약 이 작품에 어떤 선전적 가치가 존재한다면 그것은 여권신장론에 관한 것이 아니라 그것(여권) 없이는 결혼이란 그저 동거 생활에 불과하듯 논리적이며 정신적 요인에 관한 작품이다"라고 언급한 데서 우리는 입센의 진솔한 시선을 다시 느끼게 된다.

입센의 희곡이 자연주의 문학의 영향을 받았다고 해서 그저 단순한 사실의 묘사에 그치는 것이 아니라 불합리하고 혼탁한 사회악을 극복하고 정리하는 데까지 계산하고 있다는 점은 이미 밝혀진 바도 있다.

그러기에 〈인형의 집〉에서 집을 뛰쳐나간 노라의 행위가 그것으로 끝났다고 보지 않은 입센의 시각을 우리는 기억한다. 노라의 행위가 곧 여권신장 운동에 승리를 가져왔다고 장담하지 않았기 때문이다.

입센이 이 작품에서 제시한 것은 무엇보다도 자신이 어떤 존재인가를 우선 확인하는 것이 인간의 의무이며 그러한 인간이 되어야 한다는 것이다. 그러한 면에 어둡기 때문에 사랑이나 결혼의 진실도 보이지 않는 것임을 입센은 매우 일상적인 방식으로, 군더더기가 없는 대사로 전개하여 사실주의 연극에 하나의 획을 그었다.

만약 노라가 남편의 부도덕과 가면성을 묵인했을 때 어떠한 국면으로 변할 것인가는 희곡 〈유령〉에서 제기했다. 여주인공 얼빙 부인은 노라의 다른 일면이라고 볼 수 있다. 자신의 권리를 외치며 집을 나갔던 노라가 만일 그대로 수모를 견디면서 가정을 지켰을 경우의 상황을 가상한 데서 희곡 〈유령〉은 새로운 국면으로 발전하고 있다. 그것은 입센 자신이 말했듯이 〈인형의 집〉의 주제가 여권신장이라는 정치적인 이념 선전이 아니라 참다운 결혼과 부부와 가정을 위해서는 여권이 없을 수 없다는 근원적인 문제를 〈유령〉에서 추구한 것이다.

이와 같은 입센의 작품 방법을 보면 그의 여러 작품은 항상 상호간에 밀접한 연관성으로 이어지고 있다는 특색을 말해 주고 있다. 즉 〈인형의 집〉과 〈유령〉은 각각 독립된 별개의 작품이면서 동시에 하나의 맥으로 이어지고 있다는 사실이다.

〈인형의 집〉과 〈유령〉은 얼핏 보기에는 어둡고 절망적인 그림자가 드리워진 듯하나 사실 그곳에는 아직도 밝은 빛이 꺼지지 않고 있음을 알 수 있다. 그것은 이 작품들이 시민사회의 한 단위인 가족을 해체에서 구출하고자 하는 의지를 찾아볼 수 있기 때문이다. 여기에 등장하는 주인공들은 어디까지나 자신의 구원을 위하여 투쟁하는 의지를 보이고 있기 때문이다.

입센의 작품들은 항상 상호 관계를 유지하면서 전작(前作)이 도달했던 결론에서 또 다른 출발과 귀결로 접근하는 유기적 관계를 지니고 있다. 그것은 입센이 각 편의

156

회곡에서 찾아 나서는 진리를 끈질기고 일관성 있게 추구하고 있다는 반증일 수도 있다. 입센은 사회를 상대로 하는 회의와 갈등과 모순을 넘어선 승리를 위하여 누구보다 필사적으로 투쟁한 작가이기도 하다. 그러기에 그가 창조해낸 인물은 하나의 통일된 성격의 소유자임을 역설한 면에서도 그 특징을 지니고 있다. 그런 의미에서 입센은 낭만주의적 개인주의의 신봉자로 볼 수 있다. 개인의 자유와 허위의 도덕적 가치를 파괴함으로써 하나의 진리나 가치성을 얻어내려는 입센을 가리켜 시인이라기보다는 기자(記者)라는 편이 적절하리라는 평가도 있다.

그의 희곡은 언제나 진리를 추구하는 데 전신투구하였고 거짓 없는 기록을 게을리 하지 않았지만 그의 사상적 배경에는 일종의 염세적인 그림자가 드리워져 있음을 무시하지 못할 것이다. 그의 문학세계가 자연과학적인 분석과 냉철한 관찰을 통한 인간의 추구로 일관했던 것은 앞서 언급한 19세기 말의 세계적인 변동과 의식에서 생겨난 필연성이라 해도 과언은 아니다.

"나의 모든 희곡은 나의 생애에서 자연적이고도 필연적인 결과였다"라는 고백에서 진수를 음미할 수 있다.

그러나 희곡 〈인형의 집〉이나 〈유령〉 〈사회의 기둥〉이 철저하게 사실주의적으로 그려낸 작품이면서 다른 한편으로는 상징성을 동시에 구사한 것도 그대로 간과할 수는 없다. 〈인형의 집〉의 주인공 노라가 추는 '타란텔라 춤'은 바로 이 작품의 주제를 위한 중심적인 상징으로 그려지고 있다. 그리고 '유령'이라는 단어 역시 하나의 상징으로서 성병에 관한 유전성의 비극을 단적으로 표현한 점

등을 참고로 했을 때 입센의 희곡 세계를 단순한 사회극
이나 문제극이라는 범주 속에 가두어 버릴 수는 없을 것
이다. 그가 제시한 경험주의적인 사물의 관찰법이나 객관
적인 사실을 향한 집요한 추구법은 단순한 가시적 세계의
폭로에만 그치지 않고 신비스럽고도 영원성을 지닌 인간
문제에 대한 애착심이 저변에 깔려 있음을 재인식해야 한
다.

□ 연 보

1828년 3월 20일, 노르웨이의 항구 도시, 시엔(Shien)에서 부유한 상인인 크누드의 차남으로 태어남.

1835년 (7세) 아버지의 파산으로 집이 몰락하여 가족은 각기 자기 운명을 개척해야만 했다.

1844년 (16세) 노르웨이 남해안의 작은 항구 도시, 그림스터의 약국에서 일하면서 신문의 문예란에 몇 편의 시를 발표.

1850년 (22세) 처녀작인 희곡 《카틸리나(Catilina)》를 발표.

1851년 (23세) 베르겐 시에 생겨난 '노르웨이 극장'의 전속 작가로 초빙되어 본격적으로 극작가 생활을 시작.

1857년 (29세) '크리스티아나 노르웨이 극장'의 예술 감독에 취임.

1858년 (30세) 베르겐 시의 목사 딸인 수잔나 트레센과 결혼. 기념비적 작품인 〈헤겔란의 전사들〉을 신문에 발표.

1862년 (34세) 《사랑의 희극(kjærlighedens Komedie)》 출판.

1864년 (36세) 로마로 떠남. 그 후 27년 동안의 긴 유랑 생활을 함.

1866년 (38세) 《브랑(Brand)》 발표.

1867년 (39세) 《페르 귄트(Peer Gynt)》 발표.

1869년 (41세) 《청년동맹》 발표. 크리스티아나 극장에서 초연.

1873년 (45세) 《황제와 갈릴리 인(kejser og Gailœer)》 간행.

1877년 (49세) 《사회의 기둥(Samfundets Støtter)》 발표. 덴마크 왕립극장에서 초연.

1879년 (51세) 《인형의 집(Et Dukkehjem)》 발표. 덴마크 왕립 극장에서 초연.

1881년 (53세) 《유령(Gengangere)》 발표.

1882년 (54세) 《민중의 적(En Folkefiende)》 발표.

1884년 (56세) 《들오리(Vildanden)》 발표.

1886년 (58세) 《로스메르 저택(Rosmersholm)》 발표.

1888년 (60세) 《바다에서 온 부인(Fruen Fra Havet)》 간행.

1890년 (62세) 《헤다 가블러(Hedda Gabler)》 간행.

1892년 (64세) 《건축사 솔네스(Bygmester Solnes)》 발표.

1894년 (66세) 《작은 아이욜프(Little Etolf)》 발표.

1896년 (68세) 《욘 가브리엘 볼크만(John Gabriel Borkman)》 발표.

1899년 (71세) 《우리들 죽음에서 깨어나는 날(Når vi dø de vågner》 발표.

1906년 (78세) 동맥 경화증으로 사망. 노르웨이 정부는 국장의 예로 그의 공로에 보답하였다.

◈ 옮긴이 김진욱

서울대학교 사범대학 졸업.

한국교재개발공사 주간 역임.

역서 《적극적 사고방식》 《젊은 여성을 위한 인생론》 《햄릿》
《우연과 필연》 《갈매기의 꿈》 《파브르의 곤충기》
《타임머신》 등이 있음.

인형의 집

초판 1쇄 발행 | 1997년 4월 20일
초판 5쇄 발행 | 2007년 11월 10일
2판 1쇄 발행 | 2009년 3월 15일
2판 5쇄 발행 | 2022년 5월 2일

지은이 | 헨릭 입센   **옮긴이** | 김진욱
펴낸이 | 윤형두   **펴낸곳** | 종합출판 범우(주)
교 정 | 장웅진, 김지선   **표지디자인** | 이주영

등록번호 | 제406-2004-000012호(2004년 1월 6일)
주　　소 | (10881) 경기도 파주시 광인사길 9-13 (문발동 525-2)
대표전화 | 031-955-6900   **팩 스** | 031-955-6905
홈페이지 | www.bumwoosa.co.kr   **이메일** | bumwoosa1966@naver.com

ISBN 978-89-91167-99-5 03890